카사노바 호텔

카사노바 호텔

아니 에르노 지음
정혜용 옮김

Hôtel Casanova
et autres textes brefs

ANNIE ERNAUX

문학동네

일러두기

1. 여기 수록된 텍스트들은 아니 에르노의 『*Écrire la vie*(삶을 쓰다)』(갈리마르출판사, 콰르토총서)에서 엄선한 것이다. (원주)
2. 원주 표시가 없는 본문 중의 주석은 모두 옮긴이주다.
3. 고딕체는 원서에서 이탤릭체로 강조한 부분이다.

차례

카사노바 호텔

1998년에 완성하여
이탈리아 여성지에 발표

1980년대의 영수증 더미에서 P의 편지를 발견했다. 두 번 접힌 커다란 흰색 종이, 그 위에 얼룩진 정액. 그 때문에 누르스름해지고 뻣뻣해진 종이에 투명하고 오돌토돌한 결이 생겼다. 그는 종이 윗부분 오른편에 1984년 5월 11일 금요일 23시 10분, 파리에서라고만 적어놨다. 그 남자가 남긴 건 이게 전부다.

어머니가 중증 정신질환으로 입원 허가를 받고 나서 몇 주 뒤, 신문쟁이 P를 만났다. 어머니는 날이 갈수록 퇴행했고 갑작스럽게 노인이 되어버렸다. 어떻게 하면 이런 일을 견뎌나갈 수 있을지를 스스로에게 묻던 때였다. 병원에서 나온 뒤 멍한 상태가 찾아들면, 카세트나 라디오 볼륨을 한껏 키웠다. 스코피언스와 〈스틸 러빙 유〉의 시대였다.

P가 이젠 기억도 나지 않는 어떤 기획 건으로 전화를 걸어왔다. 전화로 들려오는 목소리가 나를 흔들어놓았고, 만나보고 싶다는 생각이 들었다. 그가 약속장소인 롬가의 레스토랑에 미리 와서 테이블에 자리잡고 있었고, 평범하고 피곤한 기색에 오십이 가까워 보이는 남자의 모습이 눈에 띄었다. 이 점심 약속에 응한 게 잘못이고, 당시 남자랑 자고 싶다는 욕구가 있었지만 이 남자와 자는 일은 절대 없을 거라는 생각이 들었다. 그의 목소리와 신랄하면서도 재치 있는 대화가 마음에 들었긴 해도, 헤어지면서는 평생 다시 볼 일은 없을 거라고 다짐했다. 하지만 다음날 밤, 놀랍게도, 그 남자를 생각하자 자위를 하고 싶다는 거센 욕망을 느꼈다.

그래서 며칠 뒤, 그가 전화로 보부르 센터에서 열리는 마타 전을 보러 가자고 청해오자, 초대를 거절하지 않았다. 어떤 남자에 대해 욕정을 품기 시작하면 종종 그랬듯이, 이번에도 다른 생각을 하지 못하게 만드는 기다림을 얼른 털어버리고 평정을 되찾고 싶었기에, 최대한 빨리 P와 자고 싶었다.

　예정된 날, 우리는 롬가의 그 레스토랑에서 점심을 들고 마타 전을 보았다. 그 이상은 아무것도 없었다. 생라자르역까지 나를 태워다주던 택시 안에서, 그저 입맞춤을 나눴다. 근교행 열차에 올라, 속으로만 쓰는 표현을 사용하자면 붕붕 떠오르는 맛을 보기 전에, 앞으로도 더 기다려야 하고 앞으로도 여러 번 더 아픈 어머니를 보러 가서 그 정신 나간 이야기를 들으며 눈물을 흘려야 한다는 생각이 들자, 분노와 낙심에 빠져들었다.

　그다음주 내내, P는 자꾸 전화를 걸어왔고, 통화중 자신의 욕망을 내비치면서 내가 더이상 욕정을 참아내기 힘든 지경까지 몰아붙였다. 오페라 근처 호텔에서 대낮에 만나―직장인이자 유부남으로서 지켜야 할 도리에 적합한 시간과 장소―모든 것으로부터 놓여난 듯 섹스를 하자는 그의 제안을 받아들였다.

　우리는 말없이, 거의 팽팽한 분위기에서 식사를 마치고 나서 택시를 잡아탔고, 라페가와 오페라대로 사이에 위치한 활기찬 작은 거리에서 멈춰 섰다. 우리가 들어선 호텔 홀에는 '만실' 팻말이 걸려 있었다. 어떤 남자가 나타나자 P가 은밀히 말을 건넸고, 나는 뒤로 물러섰다. 그 남자가 우리에게 위층으로 올라가라고 손짓했다. 이층의 어두컴컴한 복도에서 중년 여자가 나타났고, P가 돈을 건네는 게 보였다. 여자는 객실 문을 열어주고는 조용히 물러갔다. 작은 거실은 길을 향해 있었고, 거실에 딸린 침실에는 창문이 없었다. 침대는 인조 모피로 덮여 있고 거울로 둘러싸여 있었다. 일 분도 채 안 되어 둘 다 벌거숭이가 되었고, 그가 첫번부터 누구와도 견줄 수 없는 기량과 감미로움으로 절정의 쾌락을 느끼게 해줬던 기억이 난다. 떠날 즈음에 거울에서 본 두 눈이 번쩍이던 여자는 내가 아닌 듯 보였다. 머리를 만져보니, 몇 가닥이 정액이 묻어 축축했다. 우리는 그 침실에 겨우 한시간 머물렀다.

그뒤로는, 한 가지 욕구, 빨리 집으로 돌아가고 싶다는 욕구뿐이었다. 근교행 열차 안에서, 이제는 말라서 서로 들러붙은 채로 뻣뻣하게 굳어버린 머리카락이 뺨을 스치는 게 느껴졌다. 그날 오후를, 어느 모로 보나 창녀를 불러주는 호텔, 기껏해야 러브호텔, 그가 창녀들과 이미 들렀으리라 의심되는 장소로 나를 데려간 그 남자를, 잊고 싶었다. 노곤함과 포만감에 젖어, 절대 그 남자와 다시 섹스를 하고 싶어지는 일은 없을 거라고 확신했다. 바로 그날 저녁, 왜 그를 떠나야 한다는 생각을 했는지 이유를 알지 못하게 되었고, 한 가지 욕구, 그와 다시금 절정의 쾌락을 느끼고 싶다는 욕구뿐이었다.

그해 봄, 어머니의 병이 가차없이 악화되어가는 동안, 우리가 처음 갔던 호텔, 카사노바 호텔에서 미친듯이 P와 섹스했다. 그곳은 소음을 흡수하는 장소로, 오가는 사람들이 있음에도 불구하고―어렴풋이 문 여닫는 소리가 들렸다―그 누구와도 결코 마주친 적이 없었다. 호텔방은 죄다 어두웠고, 늘 거울이 붙어 있었으며, 가끔은 침대맡에 쳐놓은 커튼 뒤로 이중거울이 숨어 있기도 했다. 한 시간―P가 지불한 대실 시간―만 머물 수 있다는 점 때문에 우리의 몸짓과 포옹에는 탐욕스러움이 묻어났다. 내부의 모든 것이 매춘을, 가격이 매겨진 것이든 아니든 간에 그런 섹스를 의미했기에 그 장소는 그 자체로 과도한 언행, 가장 외설적인―나중에 퍼뜩퍼뜩 되살아나는―말, 매춘의 시뮬라크르를 부추겼다.

그런 호텔방에서 어머니 생각이 날 때가 있었다. 쪼그라들어가는 어머니의 몸뚱어리와 배설로 더러워진 속옷의 이미지를 견

디자면 오르가슴이 필요했던 듯하다. 어머니의 완전한 고독을 지워버리자면―혹은 거기에 가닿으려면―쾌락에 의한 기진함, 정액과 땀에 의한 완전한 고독을 극단까지 밀어붙여야만 했나보다. 어렴풋이, 카사노바 호텔의 방과 어머니가 입원한 병원의 병실이 겹쳐졌다. "죽도록 섹스하기"라는 말이 그해 봄 내게는 더할 나위 없이 사실이었다. 그리고 그렇게 할 수 있다는 것이 행운, 거의 은총으로 여겨졌다.

약속시간보다 일찍 도착하면, 프랭탕이나 갈르리 라파예트 등 오스만대로변에 있는 백화점에 들어가서 거닐었다. 한낮의 어느 시간대든, 그곳에는 치맛속이 화끈 달아오른 여자들이 아무렇지 않다는 표정으로 쇼핑을 하고 있다. 내가 바로 그런 축이었다.

호텔에서 정사를 치르고 나면 우리는 생라자르역을 향해 걸었다. 봄이 일찍 왔고 더웠다. 나는 돌아갈 기차를 타야 한다는 것 말고는 과거나 미래에 대한 일체의 생각이 없어져버린, 달콤한 마비상태였다. P에게 시간이 조금 더 있을 때면, 우리는 갤러리나 박물관에 갔다. 인적이 드문 전시실에서 조심성 없이 서로를 애무했다. 오후가 저물 무렵, P는 사무실에서 전화를 걸어와 다음번, 그가 말해 버릇했듯이 "카사노바에 경의를 표하러" 갈 때를 위해 마련한 또다른 각본을 제안하면서, 그날 오후에 함께 했던 일들을 되살려줬다. 그는 포르노 영화나 〈펜트하우스〉에서는 몹시 찾아보기 힘든, 그런 유형의 세련된 상상력을 최고도로 지닌 인물이었다.

나는 P를 사랑하는가라는 질문을 스스로에게 하지 않았다. 그저, 그 무엇도 그와 정사를 치르기 위해 카사노바 호텔로 쫓아가는 나를 막지 못했으리라. 그도, "당신이 사랑하는 건 내 좆이지, 그저 그뿐이야"라고 말하면서 그 어떤 환상도 거부했다. 어떤 남자의, 오로지 그만의 성기를 갈망한다는 건 이미 대단한 일이 아닌가?

나는 어머니의 상태에 맞서 저항하기를 그만뒀다. 병원으로 어머니를 보러 가면 어머니의 머리카락, 손을 쓰다듬어줬고 더는 그 육체에 대한 거부감이 들지 않았다.

6월 중순의 어느 오후, 우리가 호텔 문턱을 넘어서자마자 늘 보초를 서던 남자가 급하게 다가왔고, 만실이라고 소리치면서 요란하게 거부의 몸짓을 해댔다. 아마도 경찰의 수색이 진행중이거나 방금 종료된 모양이었다. 우리는 택시를 잡아타고 페르라셰즈 묘지의 그늘진 오솔길로 갔다. 하지만 그 장소는 나무와 새소리가 함께하는 열린 공간이어서 우리는 어찌할 바를 몰랐다. 그저 서로를 슬쩍 쓰다듬었을 뿐이다. 열기 때문에 P의 얼굴이 불그스름했다. 처음 봤을 때처럼 피곤해 보이고 실제보다 더 나이들어 보인다는 생각이 들었다.

그로부터 며칠 뒤, 카사노바 호텔에서 다시 시도해봤지만 결과는 같았다. P는 다른 호텔을 찾아보지 않았고 나도 그러고 싶지 않았다. 오르가슴에서 오르가슴으로 이어지면서, 우리의 이야기가 생겨나고 쌓여나갔던 건 더웠던 봄과 어머니의 치매 초기 동안, 카사노바 호텔에서였다.

그뒤, 그에게 열차를 탈 시간적 여유가 있을 때면 우리는 근교에 있는 나의 집에서 만났는데, 그 간격이 점점 더 뜸해졌다. 그는 머뭇거리며 왔다가 재빨리 떠났고, 내 집에서는 편치 않아 보였다. 나는 아무런 욕구도 상상력도 없이 그를 기다렸다. 뭔가가 정신을 차렸고 정상으로 돌아가버렸다. 한번은 "그 사람이 무얼 한 걸까"라고 스스로에게 물었다. 우리가 결정적으로 만남을 끝낸 때가 언제인지 이제는 알지 못한다.

그 호텔이 있는 거리에 다시는 발을 들이지 않았는데, 그 거리는 오페라 구역 한복판에 위치했는데도 상점이라고는 없었다. 어쩌면, 그와 함께 호텔에서 보낸 시간, 그것 말고는 기억할 수 있는 게 없는 걸 보면, 내가 자기 성기만을 사랑한다고 했던 그가 옳았나보다. 하지만 그 사람―어느 날 오페라역 승강장에서 맞은편에 서 있는 그를 멀리서 알아봤는데, 머리가 하얗게 센 모습이었다―을 통해 육체적 사랑의 가없음과 불가해함을, 그 연민의 층위를 느꼈다. 몸짓 하나하나에, 그리고 포옹 하나하나에, 결코 서로 만날 일 없을 남자와 여자를 결합시키는 비가시적 물질처럼 그와 카사노바 호텔에는 뭔가가 있었다.

이야기들

1984년 8월에 완성하여
〈오트르망〉지 69호에 발표

그해 부활절 개학은 4월 말이었다. 태양이 벌써 교실을 뜨겁게 달궜고, 열한시 반에 우리는 바깥공기를 향해 어서 계단을 달려내려가려고 잔뜩 달아올라, 레지나 첼리 레타레 알렐루야, 성모찬가를 힘껏 불렀다. 여름 원피스를 다시 꺼내 입고 피구나 깨금집기 놀이를 할 수 있었다. 곧 성모성월이 돌아오면, 입구가 나뭇잎으로 둘러싸인 바깥 동굴에 안치된 성모상 앞에서 성모송을 열 번 바치리라. 공부하러 올라가기 전에 즐기는 잠깐의 축제.

많은 가정에서 어린 자녀를 오후에 구디에 선생님이 지도하는 유치반에 보내어 학교와 친해지게 만드는데, 그 시기로 종종 부활절 개학을 택했다. 일을 하거나 어린 자녀를 학교에 직접 데려다주기에는 치맛자락에 거치적거리는 아이들이 너무 많은 어머니들은 마을의 큰 아이에게 이 일을 부탁했다. 가끔은 큰 아이 여럿에게 부탁하기도 했지만, 단 한 명이 훨씬 나았다. 여자아이들끼리 웃고 소란을 피우다가는, 머지않아 사고가 나기 마련이었다.

네 아이 중 첫째인 마리폴은 다섯 살이었다. 한시쯤 그녀의 어머니가 나를 부엌으로 데려갔을 때, 마리폴은 화창한 날씨에도 불구하고 래글런 갈색 코트를 입고 있었고, 그 옷을 보니 오래 입으라고 지나치게 큰 걸 골라주는 바람에 여러 해 동안 끌고 다녔던 내 외투가 생각났다. 마리폴은 단발로 자른 빳빳한 금발을 옆으로 넘겨 핀을 꽂고, 작은 책가방을 꼭 쥐고 있었다. 나는 아이의 손을 잡았고, 우리는 양쪽 부모로부터 칭찬의 눈길을 받으며 학교로 출발했다. 나의 아버지는 이번에는 내가 책임을 맡은 어린 소녀가 되어서 자랑스러운 듯했다. 내가 처음 학교에 갈 때는 중학교 졸업반 여학생인 정비사의 딸이 나를 맡아줬기 때문이다. 당시 내 키는 그 여학생이 겨드랑이에 끼고 있는 빵빵한 책가방 높이까지밖에 닿지 않았다. 저녁에 그 여학생은 또다른 여학생과 함께 하굣길에 올랐고 두 여자아이는 웃어대면서 소리를 낮춰 이야기를 나눴다. 나의 괴로움은 상장수여식 때까지 이어졌다. 정비사가 그다음해에 영업권을 팔아치우는 바람에 내 부모가 번차례로 나를 학교에 데려다주었다.

　나는 고작 초등학교 최고학년일 뿐이니, 마리폴은 내가 무섭지 않을 터였다. 마리폴은 꼿꼿한 자세로 걸었다. 눈을 내리뜨면, 습진 때문에 생긴 거뭇거뭇한 딱지들과 머리에 탄 가르마가 보였다. 나는 아이에게 수많은 질문을 던졌다. 아이는 고개를 끄덕이거나 젓거나 해서 예 아니요를 표현하는 데 그쳤고, 꼿꼿하고 조심스러운 자세로 계속 앞만 바라봤다. "혀가 굳었나보네." 나는 학교에 도착하자마자 서둘러 구디에 선생님에게 마리폴을 인계하고 피구를 하러 뛰어갔다.

　저녁에 다시 마리폴을 데리러 가보면, 아이는 다른 어린아이들에게 둘러싸여 책가방을 무릎에 세워놓고 그 위에 손을 올린 채, 처마밑 벤치에서 기다리고 있었다. 아이는 전속력으로 뛰어내려와서 안심하며 나머지 자유로운 손을 내밀었다. 나는 아이가 수업시간에 무엇을 했는지 알고 싶었는데, 아이는 기억하는 것 같지 않았다. 그럼 그랬어. 마리폴의 어머니는 아이가 내 말을 잘 듣는지 알고 싶어 안달했다. 불평할 거리가 전혀 없었다.

　마리폴은 코트의 단추를 다 채우고 책가방을 든 차림으로 뉴스 시간에 도착했다. 어머니는 디저트로 먹고 남은 사과나 웨이

퍼를 아이에게 주었다. 아이는 진지하게 "부인"을 붙여가면서 고맙다고 했다. "애를 참 잘 키웠네." 어머니가 감탄했다. 마리폴의 가족은 "근심 걱정"하지 않는 부류였고 가진 것보다 늘 더 썼으니, 우리집과는 정반대였다.

우리는 갈 때는, 마지막 100미터 구간 동안 내 친구와 함께 가려고 라레퓌블리크가를 지나갔고, 돌아올 때는 로제살렝그로가를 지났다. 성모성월이 시작되었다. 수녀원장의 가늘고 높은 목소리가 차분하게 은총이 가득하신 마리아님을 낭송하면 학생 전체가 소리 내어 천주의 성모마리아님이라고 와글와글 화답했다. 때때로 여자아이들이 서로 꼬집거나 간지럼을 태우다가 터져버리는 웃음소리. 유치반은 이런 기분전환에 참여할 자격이 없었다. 한시 반에 마리폴을 운동장에 버려두고 나면 학교가 끝날 때까지 더는 그 아이에게 신경쓰지 않았다.

로제살렝그로가는 조용하고 거의 인적이 없었으며, 전면은 옆길인 라레퓌블리크가를 보고 있는 집들의 뒷면과 창고의 담이 양옆으로 줄줄이 이어졌다. 최근에 "추잡한 풍속 사건"으로 폐쇄된 카페 하나와 치과 하나가 있을 뿐이었다. 마리폴은 단호한 종종걸음으로 집으로 돌아가는 기쁨을 드러냈다. 아이는 내가 살짝 괴롭혀도 말이 거의 없었다. 즐거운 길동무라고 할 수는 없었지만, 학교에서 집으로 돌아가면서 늘 그랬듯이 몽상에 잠기는 걸 방해하지는 않았다.

어떻게, 어느 날인지는 모르겠지만, 모든 일이 시작됐다. 하지만 장소는 기억이 난다. 내부를 들여다볼 수 없게 창문에 흰색 도료를 아무렇게나 칠해 놓은 카페 앞이었다. 어쩌면 입을 떼는 그 순간, 선생님처럼 목소리를 바꿨을 수는 있다. 선생님과 달리, 이제 이야기를 들려줄게요라고 말하지는 않았다. 재미있는 점, 그건 마리폴이 내가 무슨 말을 하든 다 믿는다는 거였다. 폐쇄된 카페가 눈에 들어오자, 어떤 여자아이가 강도들에게 붙잡혀 그 안에 갇힌 채 하염없이 울며 굶주림으로 죽어간다는 이야깃거리가 퍼뜩 떠올랐다. 머릿속의 몽상을 입 밖으로 끄집어낸 건 그때가 처음이었고, 흥분되었다. 마리폴이 이런 일이 벌어지기만을 기다리고 있던 아이처럼 곧 이야기에 귀를 기울였다. 심지어 살짝 지나치다 싶게, 그건 왜 그래, 저건 왜 그래 계속 질문을 해댔다.

즐거움, 아이가 뭐든 믿어서 즐거웠다. 아이에게 길 가다 보이는 사물이나 마주치는 사람을 가리켜 보인 뒤 이야기를 지어내기만 하면 되었다. 그 방식이 자연스럽게 우리 사이에 자리잡았다. 재미가 쏠쏠했고 하굣길이 흥겨웠다. 어느 날 저녁, 아버지가 낮에 우리 두 사람을 봤다고 말했다. "너, 작은 선생님처럼 보이더라."

나는 같은 등장인물들에게 싫증이 났다. 마리폴의 얼굴에는 어서 어머니 치맛자락에 파묻힐 생각만 하는 고집 센 어린 소녀의 표정이 되살아났다. 마리폴은 웃을 때조차 어딘가 주눅이 든 느낌이었다. 절대 망토를 벗게 할 수 없었고 단추를 풀게 하는 것마저도 실패했는데, 어머니가 학교 갈 때 입혀줘서라는 핑계를 댔다. 봄날이지만 무척 더웠다. 어느 날, 손톱을 기다랗게 기른 흑인 여자가 카페 바로 너머에서 우리를 기다리고 있다는 이야기를 지어냈다. 아이들을 잡아가는 여자라고. 그 여자가 아이들 손을 낚아채서 저기, 멀리로 데려가서 부모는 다시는 어린 딸을 보지 못했단다. 마리폴은 아무런 말도 없다가 걸음이 느려졌다. 아이의 얼굴이 자줏빛으로 변했다. 아이가 울부짖기 시작했다. 그렇게나 얌전한 어린 소녀의 입에서 나올 수 있으리라고 상상도 못했는데, 커다랗고 강렬하고 끝나지 않는 비명. 아이가 내 팔을 힘껏 잡아당기는 바람에 아이를 놓아줄 수밖에 없었다. 아이가 땅바닥에서 책가방 위로 마구 굴렀다. 어렵게 아이를 일으켜세워놨더니, 다시 구르려고 버티는 바람에 그애의 몸이 활처럼 휘었다. 그 순간 아이가 팬티에 오줌을 지렸음을 알았다. 나는 아이의 주머니에서 손수건을 꺼내어 얼굴을 닦아주고 코를 풀게 한 뒤 꼭 안아줬다. 집에 도착했을 때는 전혀 티가 나지 않았다.

다음날 살렝그로가 대신에 라레퓌블리크가를 골랐더라면 더이상 그런 일이 없었으리라. 하지만 길을 바꾸다니 말도 안 됐다. 우리 둘 다. 전날 아무 일도 없었다는 듯이, 각자 책가방을 들고 조용히 걸었다. 내가 마리폴에게 그 흑인 여자를, 흰색 칠이 되어 있는 카페 창문 뒤에서 엿보고 있다가 아이들을 잡아가는 여자를 보여주려는 순간, 우리 둘 다 그 생각만 하고 있었던 모양이다. 말 한마디를 꺼냈을 뿐인데 전날과 마찬가지로 눈물이 폭발하고 땅바닥에 발을 동동 굴렀다.

그리고 또다른 모든 등교일들. 갈 때는 라레퓌블리크가를 걸어올라갔는데, 가다가 만나는 친구 때문에 다른 길은 가능하지 않았고, 우리에겐 나름의 습관이 있었다. 그건 학교가 끝난 뒤, 시간이 넉넉할 때 하는 일이어야 했다. 낮 동안에는 그 생각을 전혀 하지 않았다. 피구를 하고 놀고 문법과 산수 수업을 열심히 들었다. 종이 울리면, 좋은 자리를 차지하려고 하늘을 향해 터진 넝쿨 터널을 따라 동굴로 급하게 달려갔다. 기도가 울려퍼지는 동안 구름을 바라보고 있노라면 요람에 누워 있는 느낌이었다.

네시 반이 되어 데리러 가면, 마리폴이 나를 보고 벤치에서 펄쩍 일어났다. 난 순진한 척, 마리폴은 기억이 안 나는 척, 우리 둘은 손을 잡고 길을 떠났다. 빳빳한 머리카락에 갈색 외투를 입은 마리폴은 루르드의 성녀 베르나데트 수비루 같았다.

물론 아이들을 잡아가는 여자만 거기 있는 건 아니었다. 잔인한 곰 크로코노크, 백정의 칼을 든 남자도 살렝그로가 모퉁이에서 나타났다. 마리폴에게, 덫을 피하려면 고개를 숙이고 발끝으로 걷고, 특히 울지 말아야 한다고 당부했다. 비명과 울음의 전조. 아이는 땅바닥에 주저앉아버리면서 더이상 나아가기를 거부했다. 아이의 눈물을 닦아주고 안아주고 나서야, 다시 순조롭게 출발할 수 있었다.

아이가 자기 어머니에게 징징대리라는 걱정은 하지 않았으니, 그건 마리폴과 나 사이의 비밀인 듯했다. 뭐라고 고자질을 할 수 있었겠는가. 아이를 때리지도 않았고 꼬집지도 않았으며 길을 건널 때는 살뜰히 신경썼다. 아이는 존재하지 않는 사람들이 을러대서 울었다. 부모들이 말하듯이, 아무것도 아닌 일로 울었다. 나는 말로 하는 것은 뭐든 허용된다고 믿었다. 가끔 지나가던 여자가 의심을 품고 다가왔다가는 늘, 그렇게 울어대는 애가 내 여동생이라고 납득했다. 마리폴이 계속해서 점점 더 거세게 울부

짖자, 그 여자가 멀어져가면서 어깨를 으쓱했다. 유일한 골칫거리는, 젖은 팬티였다.

어느 날 점심 무렵, 뉴스 시간인데도 마리폴이 나타나지 않았다. 동굴에서 묵주신공을 드리는데, 몹시 불안했다. 집에 돌아가니 어머니가 마리폴이 10월 전에는 학교에 가지 않을 거고, 아이가 너무 어리고 수업을 따라가지 못한다고 알려줬다. 차라리 가까운 공립 초등학교에 보낼 거란다.

오월이 끝나가고 있었다. 곧 첫영성체를 준비하는 피정을 떠날 참이었다. 어느 먼지가 이는 저녁, 우리를 바라보고 우리에게 거칠게 굴 남자아이들과 함께 성당에서 보내게 될 나날을 그려보며 로제살렝그로가를 혼자 걸었다. 카페 유리창이 깨끗이 닦여 있어서 텅 빈 내부가 보였다. 걸어가면서 차츰차츰 얼이 빠졌다. 마리폴은 결코 다시는 내 손을 잡지 않으리라. 나는 그 아이를 잃어버리고 말았다. 절망감으로 눈물이 흘렀다.

지금도 교정 가장자리의 동굴, 끝없이 이어지는 잿빛 살렝그로가, 그리고 내 기억 속에서는 나 자신도 등장인물이기에 두 어린 소녀가, 작은 아이와 큰 아이가 걸어가는 모습이 여전히 눈에 선하다. 왜 글을 쓰고 싶다는 욕망을 품었는지를 조금이나마 이해해보려고 열 살 때의 이 일화를 이야기했지만, 이것은 그저 하나의 이야기 그 이상은 결코 아니다.

귀환

1984년에서 1985년으로 넘어가는 겨울 동안 완성하여
1985년 〈로트르 주르날〉 4월호에 발표

어머니 집에서 어머니를 마지막으로 본 건 7월의 어느 일요일이었다. 그날, 기차를 타고 갔다. 모트빌에서 기차가 오랫동안 정차했다. 날이 더웠다. 객실 안팎으로 모든 것이 고요했다. 내려진 유리창 너머로 보이는 플랫폼은 비어 있고, 프랑스 철도청이 설치해놓은 방책 저편에서는 웃자란 풀과 사과나무의 낮게 드리운 가지들이 서로 거의 닿을 듯했다. 그 순간, 이제 정말 C에 가까워졌고 곧 어머니를 다시 만나게 된다는 실감이 들었다. 기차가 다시 출발했고, C까지 감속운행을 했다.

역에서 나가니, 보이는 얼굴마다 아는 얼굴인 것 같았으나 그 누구의 이름도 정확히 댈 수는 없었다. 어쩌면 이름을 알았던 적이 아예 없었는지도 모른다. 바람이 불어서 덜 더웠다. C에는 늘 바람이 분다. 모두가, 나의 어머니도, 다른 곳이 여기서 5킬로미터 떨어진 곳일지라도 그곳보다 이곳이 더 춥다고 생각한다.

르 슈맹 드 페르 호텔 앞에 서 있는 택시를 잡아타지 않았다. 여느 곳이라면 그렇게 했겠지만. C에 도착하자마자 이전의 이동 방식을 되찾게 된다. 택시는 영성체, 결혼식, 장례식이 있을 때나 타는 법. 사람들은 그런 데 돈을 쓰려 하지 않는다. 카르노가를 따라 중심지까지 올라갔다. 어머니가 정오 미사를 보고 나오다가 내게 사오라고 했던 대로, 첫번째 제과점에서 케이크, 에클레르, 사과 타르트를 샀다. 꽃도, 오래가는 글라디올러스로. 어머니가 거주하는 단지까지 가는 동안 "곧 어머니를 보겠네"와 "기다리고 계셔" 말고 다른 생각은 전혀 들지 않았다.

단층 원룸의 얄팍한 문을 두드렸다. 어머니가 소리쳤다. "네! 들어오세요!"

"문을 잠그고 계셔야죠!"

"너인 걸 알고 있었다. 다른 사람일 리가 없잖니."

어머니는 앞치마를 두르지 않은 차림으로 입술을 빨갛게 칠하고서 식탁 옆에 서서 웃어댔다. 내 어깨에 손을 올리며 인사를 받으려고 얼굴을 들었다. 동시에, 내가 다녀왔던 여행과 아이들과 개에 대한 질문을 조급하게 던졌다. 내 질문에는 답하지 않았다. 늘, 자기 이야기로 상대방을 지루하게 만들 수도 있다는 두려움. 조금 이따, 어머니가 평소처럼 되뇌었다. "난 여기에서 아주 잘 지낸다. 이보다 더 편할 수야 없지." 그리고 "이런데도 불평을 늘어놓는다면 아주 까다로운 사람이겠지." 텔레비전을 켜놓았는데 소리는 안 나오고 화면에는 테스트용 패턴만 나왔다.

어머니는 거북해하며 글라디올러스를 받아들고서, 부자연스러운 어조로 고맙다고 했다. 잊고 있었다. 꽃가게에서 꽃을 사다드리기, 내가 그럴 경우, 어머니에게는 늘 기분을 상하게 하는 점잖은 사람들의 행위, 잘난 체로 보였다. 내가 잘난 체하면서 어머니를 낯선 여자, 그러니까 가족이 아닌 사람 취급한다고 여겼다. 케이크는 어머니를 즐겁게 해줬지만, 어머니가 미사에서 돌아오는 길에 이미 우리 두 사람 몫의 케이크들을 사다놓았다. 수납장과 함께 거의 원룸 전체를 채우다시피 한 테이블을 사이에 두고 마주앉았다. 어머니가 이곳으로 이사오고 나서 처음 와봤을 때, 어머니가 내세웠던 이유가 생각났다. "큰 걸로 샀다. 최소한 열 명은 둘러앉아서 먹을 수 있게!" 육 년 동안 그런 일은 단 한 번도 없었다. 어쨌든 식탁에 상처가 나지 않게 방수포로 덮어뒀다.

어머니는 서로 나눠야 할 수많은 이야기를 앞에 두고 어디서 시작해야 할지 모르는 사람처럼 숨가쁘게 헐떡거렸다. 실내는 어둡고 살짝 냄새가 난다. 이제는 환기를 충분히 하지 않는다. 어렸을 때, 일요일이면 어머니는 나를 데리고 노인네들을 보러 갔다. 나오는 길에 어머니는 코를 킁킁거렸다. "노인 사는 집에서는 퀴퀴한 냄새가 나. 이제는 다들 문을 여는 법이 없거든." 그런 말을 했기에, 어머니도 그들처럼 되리라고 전혀 예상하지 못했다.

어머니는 봄이 되면 집 근처의 날씨가 어떤지, 지난번 만난 뒤로 죽은 사람들이 누군지, 내가 기억하지 못하는 게 성의 없이 듣기 때문이라고 짜증을 내면서 이야기했다. "네가 기억하려 들지 않으니까 그런 거지." 내가 알아들을 때까지 사소한 사항을 계속 덧붙여가면서. 거기 누구네가 살았지, 그 집 딸이 너와 함께 학교를 다녔잖니, 등등.

우리는 열두시 십오 분 전에 점심을 차렸다. 지난번에는 어머니가 열두시 반까지 기다렸었다. 이제는 모든 걸 앞당긴다. 어느 순간 어머니가 화창한 나날이 곧 끝날 거라고 말했다.

냅킨을 찾다가 싸구려 사진소설들이 찬장 구석에 잔뜩 쌓여 있는 걸 발견했다. 아무런 잔소리도 하지 않았건만 어머니가 내가 봤음을 알아차렸다. "싸구려 잡지, 그건 폴레트가 갖다준 거야. 그렇지 않고서야, 내가 그런 걸 읽지 않는다는 걸 너도 알잖니." 내가 여전히 어머니의 독서 취향에 대해 나무라지나 않을까 하는 두려움. 하마터면 어머니가 시립도서관에서 방금 빌려온 말로보다 『우리 둘』*을 더 좋아한들 아무렇지도 않다고 대꾸할 뻔했다. 내가 읽는 책과 유사한 책을 어머니가 읽을 수 없다고 생각하는 것으로 보이면, 어머니는 비참하다고 느꼈을 거다.

식사는 조용히 지나갔다. 끊임없이 접시를 내려다보는 눈길, 혼자 하는 식사에 익숙한 사람의 살짝 깔끔하지 못한 동작들. 설거지를 하겠다고 하니 어머니가 거절했다. "조금 이따 네가 가고 나면 내게 할일이 뭐가 남겠니?"

어머니는 팔짱을 끼고 의자에 꼿꼿이 앉아 있었다. 어머니가 자신의 육체에 대해 자기만족이 어린 동작을 하는 걸, 책에 빠져 있을 때 머리카락을 부드럽게 쓸어내린다든가 블라우스의 옷깃 사이로 슬며시 손을 밀어넣는다든가 하는 걸 본 적이 없었다. 몸가짐이 흐트러지는 유일한 때는 오로지 피로를 드러낼 때였다.

---

* 1947년에 출간된 주간지로, 사진소설을 주로 실었다.

머리 위로 두 팔을 들어올려서 기지개 켜기, 의자에 몸을 부리고 두 다리를 쭉 뻗기. 엄격함이, 삶을 끌고 나가느라 필요했던 긴장이 예전보다 덜한 얼굴. 내게 최악의 일이 일어났을 거라 늘 의심하던 회색빛 두 눈은 이제는 탐욕스러운 애정을 담아 나를 응시했다. 어머니는 하루하루를 손꼽다가 그날 아침이 되면 오늘이면 오는구나라고 혼잣말했고, 이제 우리 둘이 같이 있는데, 벌써 시간의 반이 흘러가버렸다. 우리 둘 사이에서 오가는 손님맞이의 어조, 쾌활함과 영원한 친절. 그와는 달랐던 어조, 내가 열다섯 살이었을 때의 폭력성은 다시 우리를 찾아오지 않을 거다. "물렁한 년, 잡것, 저년 때문에 내가 제 명에 못 살지. ─나가 버릴 거야. ─그전에 소년원에 갈걸, 못돼먹은 년."

어머니는 내가 자신을 놔두고 가버린 뒤, 나에 대한 갈망과, 자기 딸인 나와 계속 살고 싶은 갈망과 너무 이르게 홀로 마주하게 될까봐, 계속해서 대화 주제를 찾아내려고 애썼다. "폴레트가 구스베리를 갖고 왔어. 어찌나 탐스러운지. 제철이니까. 떠나기 전에 챙겨줘야 하니까 생각나게 말해줘라." 폴레트는 매주 어머니를 보러 온다. 내 또래의 오랜 이웃인데, C를 떠난 적이 없다.

멀리서 국도를 지나가는 자동차 소리와 이웃한 원룸에서 흘러나오는, 아마도 투르 드 프랑스인 모양인데, 라디오 소리가 들려왔다.

"조용하네.─늘 그랬지. 오늘은 제일 조용한 일요일이잖니."

아마도 여러 번. 어머니는 방학중에 잘 쉬라고 권했던 것 같다. 뭘 하면서 보낼지 알 수 없어 불만이던 예전에는 가장 끔찍했던 문장. "쉬기나 하렴." 짜증이 살짝 나려고 하지만, 이제 어머니의 말은 내게 영향을 미칠 수 있는 힘을 잃었다. 기껏해야 일요일이면 라디오에서 듣던 스포츠 중계나 사과 타르트처럼 추억을 일깨울 뿐이다. C에서 보내던 여름철의 권태가 되살아남. 아침부터 저녁까지 독서, 어머니가 내가 나보다 나이가 조금 더 많은 사촌언니와 "얌전하게" 산책중이라고 믿고 있을 때, 좌석의 4분의 3은 빈 르 몽디알 영화관에 들러, 일요일에 상영하며 등급심사에서 금지된 혹은 제한상영가 등급*이 붙은 성인영화 관람. 대규모 세일 행사 동안 차려진 놀이시설, 감히 들어가보지는 못했던 댄스홀.

오후가 중반에 접어들 무렵, 고양이 한 마리가 부엌 창턱에 나

---

* 당시 프랑스 가톨릭교단에서 분류했던 영화등급 기준.

타났다. 어머니는 의자에서 벌떡 일어나서 고양이를 집안으로 들였는데, 어머니가 "입양한" 고양이로, 낮에는 어머니의 침대에서 잔다. 내가 도착한 뒤로 어머니가 그렇게 행복해하는 모습은 처음 봤다. 우리는 고양이를 바라보고 차례로 안아보며 오랫동안 고양이를 돌봤다. 어머니에게는 "요 귀여운 똥냥이"가 저지른 수많은 장난에 얽힌 얘깃거리가 있어서, 발톱에 찢긴 커튼, 손목 두 군데에 길게 긁힌 붉은 자국에 대해 말해줬다. 예전처럼, 어머니는 "살아 있는 것은 전부 아름답다"고 말했다. 내가 곧 떠날 때가 된 걸 잊은 듯했다.

떠날 때가 임박해서야 어머니는 작성해서 사회보장공단에 제출해야 할 긴급 서류를 꺼내왔다. "지금은 시간이 안 되니, 이리 주세요. 나중에 보내드릴게. ─그게 뭐 얼마나 시간이 걸린다고. 역에서 오 분 거리잖니. ─기차 놓치겠어요. ─놓친 적 없구먼. 다음 것 타면 되지." 어머니는 거의 눈물을 쏟을 기세였고, 결국 으레 하는 말을 내뱉었다. "이런 일은 처리하려면 짜증만 나."

어머니가 작별인사를 하고 나서도 문간에 선 채, 계속 말을 하려고 애썼다. 네모난 문틀 공간을 배경으로 서 있던 어머니의 마지막 모습. 어머니는 자신이 갖고 있는 가장 아름다운 원피스인 가슴과 배에 밀착되는 노란색 원피스를 입고서 육중한 몸집 때문에 내려뜨린 두 팔이 몸에 다붙지 못하고 살짝 뜬 상태로 억지 미소를 커다랗게 짓고 있다. 이번에도 뭔가 겁쟁이처럼 불편하게 떠나는 느낌이 들었다.

역으로 가는 가장 짧은 길인 셸 정비소 앞으로 지나가는 경로를 택했다. 예전에는 영화관에서 돌아오는 길에, 거기에서 자세를 다잡고 남아 있는 립스틱을 지우며 어머니의 두 눈이 벌일 탐색에 대비했다. 사람들이 네게 대해 뭐라고 생각하겠니?

기차간에서, 내가 거기 있었다는 신호들은 곧 몽땅 지워져버리고 어머니 홀로 침묵을 지키며 설거지를 하고 있을 모습이 절로 떠올랐다. 점점 희미해져가는 C를, 철로변에 위치한 철도원들의 사택을, 화물 운송공사의 건물들을 지켜봤다.

한 달 뒤, 어머니를 보러 다시 왔다. 어머니는 미사 후 일사병으로 쓰러져서 C의 병원에 막 입원한 참이었다. 원룸을 환기하고 찬장에 놓아둔 행정서류를 챙기고 냉장고 안의 상하기 쉬운 음식을 치웠다. 야채칸에는 지난번 왔을 때 잊어버리고 챙겨가지 못했던 구스베리가 있었다. 비닐봉지에 담아서 윗부분을 묶어놓는데, 물컹한 갈색 덩어리가 되어 있었다.

방문

1984년 11월 13일자
〈피가로〉지에 발표

일요일이지만 홀에 사람 한 명 없다. 딸은 다섯 층을 올라가는 동안 내내, 엘리베이터 안쪽의 거울에 비친 자기 모습을 뚫어져라 바라봤다. 문이 열리자, 확 다가오는 환한 빛, 목소리와 휠체어가 빚는 소음, 후끈한 냄새. 그녀는 홀의 가장자리를 따라 걸으며, 전부 똑같은 체크무늬 턱받이 겸 앞치마를 하고서 테이블에 앉아 있는 여자들 사이에서 자신의 어머니를 찾았다. 여자들이 한꺼번에 그녀를 향해 고개를 돌렸다. 미소 띤 얼굴들. 딸의 어머니가 몸을 일으켜 의자와 테이블 사이에 선다. 보러 온 대상이 자신이라는 자랑스러움. 이렇게 서로 구별되지 않는 여자들 가운데 자신도 끼여 있다는 부끄러움. 예전에, 딸이 학교 운동장

방문 45

벤치에서 어머니를 기다리다가 어머니가 도착하는 모습을 보고 벌떡 일어서던 것처럼. 항상, 딸이 먼저 포옹하게 가만히 있기. "내가 행여나 너를 기다렸을까!" 이곳에서도 생각할 거리가 수천 가지 있다고, 방문만 기다리고 있지는 않다고 확실히 보여주기. 어머니는 텔레비전을 보고 있었다. 여자들 대부분이 무릎 바로 위까지 올라오는 고무 밴드 없는 스타킹을 신고 있어서, 상당히 아름다운 하얀 피부가 드러나 있다.

딸이 천천히 어머니를 병실로 데려간다. 파란색 실내복 차림의 남자가 엘리베이터 옆에서 기다리고 있다. 하얗게 센 머리를 틀어올린 어떤 여자가 빠르게 지나가다 아무 말 없이 그의 입술에 손바닥을 갖다댄다. 남자가 웃더니 눈길을 떨어뜨린다. 병실은 온통 태양의 황금빛이다. 어머니와 병실을 함께 쓰는 이웃이 탁 트인 창가의 안락의자에 앉아 사진소설을 읽고 있다. 딸이 다른 안락의자에 어머니를 앉히고, 브리오슈를 먹으라고 준다. 그녀가 어머니가 한 조각을 어렵사리 떼어내어 머뭇거리며 입으로 가져가고, 재빨리 삼킨 뒤 다시 똑같은 과정을 반복하는 걸 바라본다. 그다음은 초콜릿. 딸은 어머니의 손에 넘겨주기 전에 종이를 벗긴다. 고속도로에서 들려오는 소음. 맞은편 병실에서 어떤 여자가 〈생장의 내 애인〉을 부른다. 어머니가 조금 있다가 먹으려고 사탕을 주머니에 넣어둔다. 딸이 어머니의 귀 뒤에 향수를 살짝 묻히고, 차가운 뺨에 데이 크림을 바르고 퍼프로 분을 발라준다. 딸은 매번 어머니의 몸에 직접 손을 대고 싶어서, 스타킹을 올려주고 이제는 혼탁해진 시선이 자리한 얼굴을 가꿔준다. 어머니가 말한다. "살짝 꾸미고 나면 훨씬 기분이 낫지." 예전에 어머니가 집안일을 마치고 갓 씻고 화장을 하고 나면 하던 말이다. 그러고 나서 방문할 때마다 듣게 되는 다른 몇 마디 말들. "앉거라. 앉는다고 돈 드는 거 아니잖니." 혹은 "휴가는 잘 보냈니?"

어머니와 딸이 마주보고 앉아 있다. 딸은 아무런 생각도 하고 싶지 않다. 통유리창으로 한가득 들어온 햇빛에 달아올라 냄새가 난다. 더럽혀진 잠자리에서 피어오르는 은은하나 생생한 냄새. 어렸을 때, 어머니가 옷단을 매만져주거나 감치기 위해 자기 앞에 무릎을 꿇을 때면, 딸은 어머니가 어린 소녀고 자신은 성숙한 여자라는 상상만으로도 웃음이 나왔었다.

간호사가 이불을 걷어내고 각각의 침대 위에 밤 시간에 대비한 기저귀를 놓는다. 어머니가 눈길을 돌리고, 딸 역시. 뉘우치는 말이, 한 번. "어쩌다 저렇게 되는지 나도 몰라. 저절로 흘러나왔어." 오래전부터, 안락의자에 앉아 있던 여자는 손을 성기에

댄 채 잠이 들었다. 딸이 어머니를 다시 홀로 데려가려고 하지만 어머니가 뻗댄다. 어머니가 엘리베이터까지 딸을 쫓아나와 갑자기 말을 쏟아낸다. 딸이 승강기 단추를 누르자, 승강기 문 두 짝이 닫히면서 흔들거리며 한창 입술을 움직이는 어머니의 모습을 부숴놓는다. 딸이 다시, 거울에 비친 자신의 모습을 바라본다.

그녀가 번잡한 고속도로를 내달린다. 5월의 일요일. 자신의 영성체 때, 키가 훤칠한 어머니는 고운 모직으로 만든 검은색 정장에 굽이 아주 높은 구두를 신고도 달리는 데 전혀 문제가 없었다. 그때 어머니는 마흔다섯, 지금의 그녀와 똑같은 나이였다.

문학과 정치

1989년 여름에 완성하여
〈누벨 누벨〉 15호에 발표

1980년대에 가장 널리 퍼진 생각 중 하나가─대부분의 작가와 대중에게 자명한 효력을 발휘하는 만큼, 그 생각이 소멸될 조짐은 전혀 보이지 않는다─바로, 문학은 정치와 아무런 관련이 없다는 것이다. 문학이 "진정한 문학" 축에 들 자격을 누리려면, 정치가 페스트인 양 정치로부터 자신을 방어해야 한다. 문학은 정치적 의미 및 마찬가지로 사회적 의미와, 그러니까 일반적으로 현실과 관계를 맺어서는 안 되고 오로지 작가(통념이 되어버린, 자신만을 위해 글을 쓰는)의 상상, 희한하게도 사회정치적 재현이 제거된 상상과만 관계를 맺어야 한다. 오랫동안 토론의 주제였던 작가의 사회적 역할은 생각조차 할 수 없으며 나아가 몰상식한 것이 되었다. 정치와 문학 사이의 경계는 이전 세기에 유례를 찾기 힘들 정도로 어느 때보다도 견고하다. 클로드 시몽이 소비에트연방을 여행한 후 집필한 책 『초대』와 그로 인해 촉발된 논평 대부분은 문학이 정치와 어떤 관계에 놓여 있는지를 상당히 잘 보여준다. 어느 모로 보나(독자가 갈피를 잡도록, 어느 나라 이야기인지를 이해하도록 몇 가지 필요한 정보를 주자면) 소비에트연방과 고르바초프를 떠올리게 하는 텍스트지만 어찌나 암시적 표현들을 사용해 "예술가다운" 견해를 펼치는지, 그로부터 끌어낼 수 있는 유일한 정치적 의미는 고작 정치란 화자와 무관한 조롱거리, 잔인한 희극이라는 것이다. 거기에서 비평가들은 클로드 시몽의 세계 및 문체의 표출을 보았다. 즉 작가든 작품을 해석하는 사람이든 양쪽 모두 똑같이, 소비에트연방에서 살아가는 사람들의 삶에 대한 질문 제기에 책이 참여하여 정치적 역할을 하는 것을 거부했다. 모든 일이—물론 그렇게 된 그럴싸한 역사적 이유들이 있다—마치 글쓰기와 정치의 관계는 대의나 정파를 위한 복무, 그러니까 종속의 형식 말고 다른 방식으로는 생각해볼 수 없다는 듯이 흘러간다. 책이 현실과 아무 상관 없는 것으로 환원되면서, 탐미주의가 윤리적 가치처럼 등장한다. 탐미주의가 자유, 독자성인 양 부각된다.

과연 그럴까. 어찌해도, 글쓰기는 허구를 통해 사회적 질서를 승인 혹은 규탄하는 견해를 아주 복합적인 방식으로 실어나름으로써, "참여"하게 된다. 작가와 독자들이 의식하지 못한다 해도 후대는 속아넘어가지 않는다. 문학사에 비춰보면 정치적 무관심이란 존재하지 않는다. 어느 날 롤랑 바르트는 글쓰기에 대해 이렇게 간결하게 표현했다. "작가는 하나의 사회적 영역을 선택한 뒤 그 한복판에 자기 언어의 본성을 위치시키겠다고 결심하는데, 그게 바로 글쓰기다." 이 간결한 표현이 아마도 예술과 예술가의 순수함에 대한 확언을 모두 합친 것보다 더 적확할 것이다.

"정치적인 것"을 구축하는 역사적이며 사회적인 현상으로부터 떨어져나오거나, 그것에서 현실성을 제거하여 더이상 영향을 주거나 흔들어놓을 수 없게 만든다는 자기 반영의 문학, 나는 그 개념을 이해하지 못하고 그런 생각은 거의 고통을 자아낸다. 내 출생 환경에서는 사람들이 책을 읽는 법이 없었는데, 아마도 청소년기에 문학은 그런 사회적 환경으로부터 나를 분리해내는 데 일조했고, 생각조차 못해본 문제들에 대해 자각하고 눈뜨게 해줬기 때문이리라. 『분노의 포도』『페스트』『인간 조건』, 그리고 수많은 다른 책이 그랬다. 직접 체험하기는 힘들고 이름을 붙이기도 어려운 것, 반드시 사회적 영역에만 국한되지는 않는 것,

이런 것들을 묘사하고 거명하기가 덜 버거워졌다. 문학이 나를 변화시켰다. 스무 살에 글을 쓰고 싶다는 생각을 하기 시작할 무렵 물론, 흔히들 말하듯이, "예술 작품 창조하기"(대학에서 이런 학설을 배웠으니 어찌 다르게 생각할 수 있었겠는가?)를 바랐지만 내가 무의식적으로, 꾸밈없이—그러니까 자연스럽게—공책에 적은 것은 그런 말이 아니었다. "나와 같은 부류의 한풀이를 위해 글을 쓰겠다"('계급'을 "나와 같은 부류"로 대체한 것은 우연이나 부주의가 아님)라고 적었더랬다. 글쓰기의 실천과 세상의 불의 사이에 존재하는 관계, 나는 그걸 느끼지 않은 적이 없었고, 문학이 방식은 달라도 정치 행위와 마찬가지로 사회 변화를 촉발하는 데 이바지할 수 있다고 생각한다. 문학 덕분에 전쟁이 멎거나 실업자가 일자리를 구하거나 라 쿠르뇌브*의 아이들이 뇌이의 아이들처럼 활짝 열린 미래를 누릴 수는 없는데, 문학이 즉각적 효력을 발휘하는 법은 결코 없다. 장기적으로, 문학은 독자의 상상력에 스며들어 독자가 모르고 있던 현실에 눈뜨게 하거나 늘 같은 각도에서 바라보던 것을 다르게 보도록 이끌 수

---

* 파리 북쪽 근교 센생드니주에 위치한 도시. 공장지대와 노동자를 위한 대규모의 저가임대아파트 단지가 뒤섞여 있음. 이민자 문제, 대물림되는 가난, 교육기회의 불균등, 높은 범죄율 등 사회적 문제가 맞물려 분출하는 지역.

있다. 독자가 전에는 단 한 번도 해본 적 없는 말을 하게(우선은 스스로에게 하게) 해줄 수 있다. 문학은 초기 단계, 그러니까 내밀한 독서의 단계에서는 느리게 말없이 진행되는 혁명이다. 방금 읽은 책이 독자의 뇌리에 '머무르고' 있음을 곁에서 보면 누가 알아보겠는가? 가끔은 문학이 실제로 이루어지는 혁명이 되기도 하지만, 그렇다고 혁명과 뒤섞이지는 않고 혁명을 넘어선다. "인간은 자유롭게 태어났으나, 도처에서 쇠사슬에 묶여 살아가고 있다." 루소의 이 문장은 어떤 사람들에게는 여전히 뜨겁게 타오른다. 극도의 아름다움과 의미를 분리해낼 수 없이 한 덩어리가 된 문장. 문학적으로 보이지 않으나 어쨌든 문학 최고의 포부를 담아낸 문장. 그 포부란, 세상을 말하고 변화시키려는 욕망을 위해 예술이 가진 능력을 총동원하기.

체사레 파베세

1986년 7월에 완성하여
1986년 〈로망〉지 겨울호에 발표

바닷가, 포도밭, 태양, 세상의 온갖 아름다움이 있다. 그리고 잔인성, 폭력, 고독, 죽음도. 하지만 늘, 처음에 존재하는 것은 파티. "그 시절에는 늘 파티가 있었다." 『아름다운 여름』의 첫 구절이다. 파티가 도처에 있다. 언덕 뒤, 농가 마당, 의상실에서부터 들려오는 음악이 어우러진 파티. 며칠 밤을 연이어, 대학생의 하숙방에서 혹은 그저 언덕 위에서, 한여름의 열기에 취해, 포도주를 마시고 기타를 치며 벌이는 파티. 그럴 수 있는 건, 늘 여름이어서. 혹은 그저, 젊은 시절 세상에 발을 들여놓을 무렵이라면, 삶의 파티. 하지만 파티는 열리지 않거나 변질된다. 『아름다운 여름』의 지니아는 꿈을 잃어버렸고, 매춘으로 비용을 대는 파티로 빠져들 뿐이다. 『여자들끼리만』의 로제타는 안락한 생활의 끝에서 죽음을 맞고, 그런가 하면 갈망하던 사회적 성공을 일궈낸 클렐리아는 "사물들이 더는 그 어떤 것에도 소용이 없을 때 그것들을 획득하기 마련"임을 깨닫는다. 파티는 파베세가 만드는 비극의 형식, 행복의 이미지가 지속되지 못하고 예정된 상실을 맞이하는 비통한 형식이다.

파베세의 작품에서 끔찍스러운 건 비극이 삶의 자연스러운 운행으로부터, 열린 창문에서 골목으로 쏟아지는 대얏물이나 홀에서 함께 춤추던 사람이 아닌 다른 누군가에게 보내는 아가씨의 미소 등, 가장 평범한 일상의 사건으로부터 생겨나는 듯하다는 점이다. 실패, 폭력, 죽음이 발생한다 해도, 마치 높낮이를 고루 맞추듯 우주의 운행 속에 포함되면 그 효력이 중화되어 나타난다. 파베세 읽기란, 여름철 카페 테라스에 앉아 있고 차들이 줄지어 지나가고 여인들의 피부가 멀리서 반짝이는데, 언제부터, 왜 여기 있는지 이젠 더는 모르겠는 것이다. 신문에서 테러, 사건사고들을 알려준다. 사물들이 저멀리 떨어진 채, 그들 특유의 불투명성에 잠겨 존재한다. 현실이 지금과 다르게 존재할 수 없을 테고 심지어 현실이 다르기를 바랄 수도 없는 상황에서, 현실에 갇혀버린 그 야릇한 느낌을 다른 곳에서는 결코 겪어본 적이 없다. 나서서 글쓰기 행위임을 과시하지 않고 그저 보고 느끼게만 하려는, 파베세 자신의 말을 따르자면 "묘사하지 않고 보여주려는" 투명한 글쓰기의 효과. 분석도 판단도 하지 않고 보여주는 이러한 글쓰기는, 사물들이 지성이나 기억에 의해 해석되기 전에 사물들을 직접 겪는 순간, 그것들이 불러일으키는 바로 그 느낌을 안겨준다. 「세월」이라는 단편을 보자. 어떤 남자가 잠에서 깬다. 전날 밤, 그의 애인이 미리 일러둔 대로, 그날 아침 남자는 애인과 헤어져야 하며 떠나야 했다. 오가는 몇 마디 말, 마지막 아침식사, 여자의 몸짓, 그녀가 손톱 가는 방식을 기술하는 것만으로 남자의 형체 없고 형언하기 힘든 불행이 표현된다. 사물과 행위와 느낌만 있고 말은 없는 세계의 놀랍고도 애절한 인상.

이런 식의 절박한 실재 추구는 등장인물 단 한 명의 의식과 감성을 통해 이루어진다. 우리는 지니아와 파블로(『동무』)의 현재 속에 갇히며, 삶에서 그러하듯이 다음에 무슨 일이 닥칠지도, 지금 한창 겪고 있는 일의 의미가 무엇인지도 알지 못한다. 지니아는 자신의 욕망과 교제가 낳을 파장을 가늠하지 못하고, 쾌락과 혼란 속에서 젊은 아가씨로서 보내는 첫 여름을 가로지른다. 파베세의 작품이 감탄을 자아내는 모든 점은, 바로 이렇게 의미가 유예되고 틈 하나 없이 막힌 현재 속에 갇힌다는 점이다. 테크닉이라는 말을 써도 된다면, 타자에게 가닿는 것의 불가능성을 가리켜 보이는 테크닉(『일기』: "여자는 독일 민족처럼 적대적 민족이다").

체험된 삶만이, 차곡차곡 쌓인 현재가, 결국 의미를 만들어내고 이야기는 종결된다. 파베세의 글에서는 거의 아무 일도 일어나지 않고 시간만이 존재한다. 그리고 그 시간은 프루스트 작품에서처럼 계시나 지식으로 이끄는 것이 아니라 어느 결엔가 실패의 확인, 고독으로 이끈다. 예외적으로 행동으로 가닿는 건 『동무』이리라. 가장 빈번히는 죽음으로.

1950년 8월 27일, 파베세는 토리노의 호텔방에서 자살했다. 확인해보니—어떤 작가의 작품을 열렬히 사랑하면 이런 일도 할 수 있지 않겠는가—그해의 8월 27일은 마침 일요일, 파티의 날이었다.

소비에트사회주의공화국연방, 이미지와 물음

『유럽』, 1989년 6~7월호

1988년 9월. 다시 모스크바.

대로변 보도는 여전히 움푹움푹 패어 있고(하지만 낡은 건물 전면을 개보수하고 벤치를 놓고 상인이 은은한 채색화를 팔고, 음악가가 있는 보행자 전용 아르바트가는 무척 예쁘다), 굼 백화점에는 원피스가 거의 없고(하지만 아름다운 천은 눈에 자주 띈다. 그렇다면 여자들은 자기 옷을 스스로 만드는 걸까?), 화장실은 어딜 가나 냄새나고, 로시아 호텔은 겉에서 보면 궁전인데 안에서 보면 낡아빠진 병원과 흡사하다(대조적으로, 듣도 보도 못하게 호화롭고 깨끗한 전철역들). 소련인이어서 행복한지 혹은 불행한지를 보여주는 가시적 신호들, 그런 신호들을 끝없이 요구하고 그것들로 대차대조표를 작성하지 않고서, 어찌 소비에트연방에 갈 수 있겠는가? 그리고 이제는 페레스트로이카의 신호 차례가 아닐까?

어제저녁, 공항에서 모스크바 센터로 가는 길에 날이 저물었고 비가 엄청 쏟아졌다. 운전사는 둥근 안경을 쓴 곱슬머리 청년이었는데, 와이퍼가 작동하지 않는 바람에 몸을 핸들 위로 숙여 머리를 앞유리에 붙이다시피 한 채, 카세트라디오의 볼륨을 최대로 올리고 하드록을 들었다. 그러면서 규칙적으로 자동차에서 내려 차분하게 와이퍼를 손으로 작동시켰다. 다시 차에 오르면, 시선은 빗줄기에 두고 음악의 리듬에 맞춰 등을 들썩이며 운전했다. 내가 그를 기억하게 되리라는 걸 안다. 그는 이번 여행에서 내가 진정 가까이에서 접한 첫 얼굴이자, 소비에트연방의 부실 및 미국 문화 침투의 상징 이상이며, 말로 옮겨놓거나 만져볼 수 없으나 자유롭고 살짝 흥분된 분위기를 보여주는 신호였다. (칠 년 전, 첫 체류 때 본 맥없던 명령에 대한 기억. 그 명령에서 무게뿐만 아니라 안정적인 온화함도 느낄 수 있었다. 지금은 사라졌지만, 노동자들의 엄숙한 옆모습을 보여주며 생산을 고취하는 포스터들 속에 멈춘 채 굳어버린 역사에 대한 기억.)

오늘, 우리는 작가의 전당에서 시인 둘과 소설가 셋을 만났다. 살짝 어두운 커다란 방. 시인들은 우리 앞쪽의 낮은 테이블 가까이에 앉아 있었고, 소설가들은 따로 떨어져 창가에 앉아 있었다. 그들은 긴 시간 동안 말을 했다. 열광적인 말은 아니고, 유머가 끊이지 않으며 알레고리와 메타포가 생각 하나하나를 설명하고 러시아어로 이루어진 담론을 일련의 그림과 장면들로 바꿔주는데, 그럼에도 불구하고 느리고 장중한 말. 그들은 검열과 자기 검열을, 공포 말고는 그 무엇도 이해될 수 없는 불투명한 사회에서 글을 쓰는―더 나아가 행동하는―기이함을 말했다. 또한 현재를, 자유에 대한 갈망과 두려움(그들 내면에서조차)을 말했다. 다 같이 이데올로기를 전달하는 문학을 거부하며 작가의 역할이 무엇인가를 물었다(당연하겠지만, 서방에서와 마찬가지로 자유와 뒤섞인 탐미주의의 유혹). 육중하고 입술이 두툼한 시인 로즈데스트벤스키는 눈꺼풀을 내린 채 말했다. 그의 말을 듣고 있자니 생기는 확신. 페레스트로이카라는 게 우선은 이거로구나, 드디어 도래한 말의 시대로구나. 또한, 목소리의 어조 자체와 얼굴에 어린 열렬한 진지함에 담긴, 고통이자 어떤 머뭇거림. 현 사회를 목도하는 고통, 어쩌면 과거에 행한 동의와 존재의 완전한 전복에서부터 비롯되는 고통(집단적으로 기억을 바꿔야만 한다는 것을 상상이나 했겠는가?). 그들의 말을 듣고 있다가 문득, 그들이 이방인이자 서방에서 온 우리 앞에서, 그런 상처와 불만을 내보이고 덧들이는 상황이 거북하게 느껴졌다. 그러자 투르게네프의 어떤 작품 속 주인공이 내뱉었던 분노와 고통의 말이 불현듯 되살아났다. "러시아가 좋은 점은 이것 하나다. 바로 자기 자신에 대해 지독한 의견을 갖는다는 것." 십여 년 동안 침묵을 지키고 난 뒤이니, 아무리 말을 많이 한들 성에 찰까?

사회학자, 그리고 교수들과의 만남이 마무리되었다. 테이블 위에는 가득찬 재떨이와 잔, 그리고 늘 그렇듯이 고급 사탕처럼 백색 고급 종이로 싸서 양옆에 매듭을 지어놓은 각설탕 몇 조각이 접시에 남아 있다(종이 역시 풍족하지는 않지만). 우리는 일어났다. 행사 주최자 중 한 명이 설탕을 모두 거둬들이고, 웃으면서 슬며시 내 손에 쥐여주었다. 그 결핍의 동작, 결핍의 공유를 꾀하던 그 은밀한 공모의 동작이 잊히지 않는다. 물질적 현실의 가차없고 위협적인 주의 환기.

세번째 줄에서는, 서로의 손에 매달려 공중그네를 바꿔 타려고 상대방을 향해 허공으로 몸을 던지며 한 바퀴 빙글 돌기 직전, 그들의 얼굴과 시선에 어리는 표정까지 보였다. 한 명이 떨어졌고 그물에 걸려 튕겨올랐다. 군중의 거대한 술렁임, 그리고 다음번 도약을 기대하며 느끼는 고통스러운 동시에 행복한 긴장. 마침내 그들이 허공에서 조우했다. 영광스러운 육체, 최고로 감동적인 아름다움. 왜냐하면, 그것은 노력과 동시에 짧은 순간에만 주어지며, 실현되는 순간에조차 추하게 굴러떨어질 위험이 있기 때문이다. 모스크바의 서커스는 이번에도 역시 나를 행복감으로 채워줬다. 하지만 공연장을 떠나면서, 이곳에선 예술에서건 삶에서건, 위업僞業의 육체에 열광하지 쾌락(자신 혹은 타인을 위한 쾌락)의 육체에 열광하는 법은 없다는 생각이 듦. 그런 일은 언제 도래하려나? 그런 일이 벌어지려면 아직도 한참의 시간이 걸릴까?

아이트마토프를 읽다가 "사람들은 더이상 아무것도 믿지 않으며 유물론이 영혼을 죽였다"라는 글귀를 본다. 작가는 사람들이 한번 더 그리스도를 십자가에 못박아 죽일 것임을 보여준다(『단두대』). 그리고 또 유명한 라스푸틴의 말. "사람들은 신이 그들에게 줬던 자리를 망각했다.""영혼 안에 자리잡은 존재는 신이다. 신이 당신을 축복하고, 당신을 보호한다." 등등. 도시와 모더니즘에 대한 단죄 및 옛 가치인 노동, 가족, 고향(언제의? 누구의? 러시아에서 농노로 살던 증조부모 세대나 노르망디에 존재하던 농가 머슴들?)에 대한 향수와 관련된, 영혼에 관한 새로운 담론.

자고르스크에서는 여자들이 찬송과 눈물 사이사이 시편을 읊조린다. 갈색 사제복 위로 머리카락을 늘어뜨린 미동 없는 사제는 성상을 보호하는 유리창에 비친 자기 얼굴에 빠져든 것 같다. 하지만 실제로는 눈을 감고 있다. 동방정교회의 모든 성당이 그렇듯, 좁은데다 황금빛과 촛불의 빛 말고 다른 빛은 없는 장소 특유의 자궁과 같은 부드러움. 저 안쪽에선, 테이블에 앉은 노파가 줄을 선 인파에 둘러싸여 있다. 기도문이 적힌 용지(목적에 따라 두 종류가 있다)에 사람들의 이름을 기입하는데, 아마도 그 사람들을 위해 제의를 올리거나 이런저런 기도를 드려주는 모양이다.

토요일, 붉은 광장, 해. 자동차 여러 대가 군인 한 명이 지키고 서 있는 통로 입구에 정차한다. 각각의 자동차에서 신혼부부가 내린다. 신부는 긴 흰색 드레스를 입고, 신랑은 장갑을 끼고 정장을 입었는데, 매번 신부가 아직 "장난꾸러기" 같은 신랑보다 훨씬 더 성숙하다. 여러 쌍의 신랑신부들이 차례차례 앞으로 나아간다. 그들은 레닌의 무덤으로 인도된다. 결혼식 날의 의례로, 다른 수많은 의례가 그렇듯이 집단 경배라기보다는 행복에 대한 희망을 의미한다. 어쩌면 이런 의례도 곧 사라지리라. 묘 자체도…… 방울 술을 달고 있는 자동차들 위로 쏟아지는 햇살과 신혼부부들의 웃음을 접하다보니, 그런 일이 벌어지지 않기를 염원하게 된다. 또한 내게는 신화로 남은 기억, 그러니까 1917년 10월혁명이 조금이라도 보존되기를……

　일요일 저녁, 네바강의 다리에서 바라보는 레닌그라드의 빛. 노보데비치 묘지의 무덤 사이에 자리한 침묵과 풀, 밤에 본 크렘린궁의 첨탑 위 붉은 별들, 성당처럼 아찔하게 솟은 스탈린 시대의 거주용 마천루, 바이에른주의 성만큼이나 불안하며 상상력을 위해 만들어진 그 마천루. 아마도, 이번 여행에서는 사물의 아름다움을 살폈나보다. 그런 아름다움이 순수한 경우는 드물었다. 프랑스로 돌아온 지금, 트빌리시를 떠올리면 눈에 선한 장면은, 대형 백화점 에스컬레이터 출구에 의자를 놓고 앉아 있던 여자다. 그 여자는 고객들이 질서정연하게 에스컬레이터에 오르고 위에 도착해서는 제때 발을 들어올리는지 감독한다. 또한 지겨워서인지 혹은 사람들의 의도를 확인해야 해서인지 사람들의 표정을 살핀다. 갈색 머리의 튼실한 여자로 특색이라고는 전혀 없다. 그녀에게 페레스트로이카는 무엇이며 페레스트로이카에게 그녀는 무엇일까?

라이프치히, 이행

1990년에 완성하여 1991년 라이프치히의
프랑스문화원에서 펴낸 문집 『순간들』에 발표

1990년 11월 11일 일요일

공항을 출발한 뒤 우리는 조용한 마을들을, 벌거벗은 땅만 남은 이런 계절에 어찌 알겠는가마는 어쩌면 비옥할 평야를 지나간다. 온화하고 안개 낀 날씨. 단 하나 염려되는 색조, 그건 하늘을 향해 높이 치솟은 커다란 기계들. 누군가 갈탄 채굴기라고 알려준다. 일 년 전 바로 이날, 전대미문의 사건이 있었다. 베를린 장벽의 붕괴로 한 국가가 사라졌고, 당시 그 누구도 가능하리라고 생각하지 않았던 일, 독일 통일이 이루어졌다. 그렇게나 수많은 격변이 일어나는 데 고작 일 년. 왜 역사는 그 어디에서도 가시적이지 않아 화폭에서처럼 대번에 감지할 수 없는 걸까? 주위를 둘러봐도, 농가와 잡목림이 들어선 살짝 답답한 느낌이 드는, 일요일 오후의 시골 풍경뿐이다.

아마도, 텔레비전에서 보여주는 이미지와 대변혁에 관한 서정적 르포만 잔뜩 접한 프랑스인 누구나 그렇듯이, 나 역시 구동독이 풀 한 포기까지도 변화하고 도시도 시골도 끊임없는 환희에 사로잡힌 모습을 상상했던가보다. 금년 텔레비전 방송국의 기획물들은 (여전히) 적어도 1주기 기념 행진처럼 1989혁명의 분위기를 담은 뭔가를 우리에게 보여줬다. 이제는 내가 생각을 고쳐야 하리라. 그러니까, 이제 라이프치히에서 보게 될 것은 무엇보다도 과거로서, 담벼락과 사람들의 의복과 동작에 새겨진 국가자본주의(진정한 사회주의가 아닌)가 지배한 사십 년의 과거다. 과거가 죽었다는 생각은 이 나라와 무관한 외부인들에게나 해당될 뿐이고, 이곳에 살고 있는 사람들에게는 여전한 현재의 구성요소다. '보다'라는 동사를 쓰긴 했지만, 이틀에 걸쳐 보게 될 게 겉모습 말고 뭐가 있겠는가. 역사만큼이나 현실도 첫눈에 볼 수는 없다.

게다가 나의 시선은 오염되어 있다. 유년기의 기억이 되살아난다. 여름이면 휴가중인 파리 사람들이 내가 살고 있는 시골의

서민 동네 여기저기를 들쑤시고 다니면서 호기심어린 시선으로 우리를 뜯어봤고, 놀고 있던 우리가 그들에게 뭐 하나 요구한 적 없는데도 커다란 목소리로 우리의 생활조건을 안타까워했다. 오늘날 서방진영에서 온 여행객인 내가, 자신들이 행복하고 우월하다고 믿어 의심치 않던 예전의 그 파리 사람들과 같은 마음가짐은 아닐까? 적어도 뭔가를 팔려고 가는 건 아니라는 점에서—스스로를 위로하는 방식—구름떼처럼 몰려가 어느 지역을 덮치려는 곤충들처럼 줄줄이 비행기 좌석을 가득 메운 채 각자 서류를 들여다보고 있는 이 사업가들과 나는 다르지 않을까……

라이프치히에 가까워지니 비가 오기 시작했다. 도시에 도착하자마자 가장 먼저 강하게 와닿은 것은 안팎으로 도처에 존재하나 보이지는 않는다. 바로, 갈탄냄새. 지나치게 볶은 원두와 역겨운 화학물질이 뒤섞인 듯한 냄새다. 난방을 과하게 한(26도) 호텔 방 창문은 열 수도 없다. 비가 와서 그런지 냄새가 더욱더 코를 찌른다. 최근의 기억, 하나 더. 정유공장이 들어선 르아브르 근처의 도시 위로 끊임없이 떠돌던 끔찍하고 들큰한 냄새와 그에 익숙해 보이는 사람들에 대한 기억. 어쩌면 여기도 그럴지도.
그리고 거뭇한 파괴의 풍경이, 남은 담벽과 근사해 보이나 가까이서 보면 황폐해진 건물들의 풍경이 있다. 마치 몇 년 전에 도시가 정체불명의 폭격을 당했는데, 전혀 고치지도 새로 짓지도 않은 것만 같다.

거리는 비어 있다. 비가 오는데다 일요일이다. 우리가 저녁을 먹으러 간 제법 세련된 식당에서 조급하고 뻣뻣한 급사장이, 테이블이 하나 남아 있긴 한데 다음 시간대에 예약이 되어 있다고 알린다. 따라서 빨리 먹고 오십 분 뒤에는 나가야 한다. 과거에 없던 것을 즐길 수 있는 장소로 사람들이 몰리는데, 어떠한 대가를 치르고서? 누가 이곳에서 저녁을 드는 걸까? 라이프치히 사람들? 아니면 외국인이나 뮌헨의 사업가?

지붕 덮인 갤러리 밑으로 늘어선 상점에서는 명품, 보석, 은제품, 의상, 향수 등을 파는데, 엉성한 진열이 디스플레이 담당 직원의 미숙함을 보여준다. 아직은 사람들이 쌓아두고 과시하는 대로의 명품이지 '회화작품' 유의 예술품은 아니다. 상품 가치가 아직 미적 가치로 둔갑하지 않았다.

거리에서 볼 수 없던 삶은, 저녁식사를 하거나 술을 마시는 사람들과 담배 연기로 가득찬 오래된 카페에 고스란히 남아 있다. 지하에 있는 여러 개의 방, 짙은 열기, 귀가 먹먹한 소음. 우리는 그런 카페 하나에서 자리를 발견한다. 다른 테이블과 마찬가지로 흰색 식탁보가 덮인 기다란 옆 테이블에는 포도주로 가득한 열 개의 잔이 오지 않은 손님들의 빈자리 앞에 놓인 가운데 한 여자가 홀로 앉아 있다. 그녀는 기이한 최후의 만찬을 주관하는 사제 같다. 소음에도 불구하고 혹은 소음 때문에 모든 것이 몽롱함과 묵직한 꿈으로 초대한다. 온갖 변화로부터 멀찌감치 떨어져서, 일요일의 무위와 풍성함과 권태는 이런 종류의 느긋한 맥주 축제로 이어진다. 아주 오래된 독일의 제례가 이곳에서 되풀이된다. 카페에서 나오니 춥다. 잊고 있던 갈탄냄새가 되살아난다. 어느 교회에선가 모차르트의 레퀴엠 선율과 합창이 흘러나온다.

11월 12일 월요일

내가 묵고 있는 게스트하우스에서는 카운터의 직원이 커다란 장부를 활용해서 예약을 관리한다. 장부에는 가로축과 세로축에 각기 날짜와 호실이 표시된 표가 있고, 카운터의 여자는 그 표 위로 커다란 자를 움직여가면서 갈피를 잡는다. 그래도 실수는 발생하기 마련이라, 지금 여자는 바싹 짜증이 나 있고, 자가 신경질적으로 표 위를 오간다. 이런 장면에서 '구세계'의, 그 경직된 타성의 상징을 보려고 든다면, 어렵지 않으리라. 그 여자는 처음에는 짜증이 나게 하더니, 이제 내 마음을 건드린다. 오십대. 그녀에게 정치경제적 변화란 무엇을 의미하겠는가? 자신에게 새롭게 요구되는 것, 그녀로서는 명확히 잡히지 않는 그것에 대해 두려움과 경직된 태도가 아닌 다른 방식으로 반응하는 게 쉽겠는가?

그러니 상징 운운은 피하기. 늘 이국의 여행객을 노리며 시야를 뿌옇게 만드는 그 유혹은 피하기. 대낮에 보게 된 건물의 아름다운 전면과 그 뒤의 잔해뿐인 광경 앞에서도 역시 그렇게 하기는 훨씬 더 어렵다. 이전 체제의 이미지일까? 그게 뭐 중요한가. 오래된 집들의 황폐함, 버려진 상처투성이의 아름다움은 심장을 옥죄는 광경이다. 이전에 일층이었던 곳에서부터 나무가 솟아오르고, 계단은 허공을 향해 뚫려 있다. 막아놓은 정문에 달린 문패에 적힌 이름들. 여기 살던 사람들은 어디 있을까? 그들 위로 무너져내리게 생긴 담벽을 피해 달아날 결심을 몇년도에 했을까? 마치 도시의 파손이 자연스럽다고 판단했던 것만 같다. 혹은 당국이 역사의 종말을 본떠 시대의 종말을 선언했기에 시간의 마모작용을 부인하고 건물 수리를 전면 금지했던 것만 같다.

변화의 가시적 신호인 오늘 아침의 과밀한 교통량—같은 시간대에 텅 비어 있던 동베를린의 거리가 기억난다─과 이제는 거의 자취를 감춘 트라반트들. 갈망하는 첫번째 물품이 자동차라는 사실이 놀라울 게 있을까? 1950년대 프랑스에서도 그러지 않았던가? 지식인 사회는 다른 사람들의 경우에는 "소비재 경쟁"이라고 부르면서 안타까워한다. 자신들은 그런 경쟁에서 배제된 듯, 그들 자신은 자동차와 하이파이 전축과 나아가 컴퓨터를 소유하지 않기라도 한 듯 말이다. 그런 물건들을 소유하려는 욕망이 어째서 한쪽에서는 "영혼의 결핍", 조악한 물질주의이고 저쪽에서는 아닐 수 있는가? 지식인들은 "우린 그런 것을 중요하게 여기지 않는다"고 말한다. 그렇다. 하지만 그들은 이미 그런 것을 다 가졌다. 예전에는 몰랐거나 혹은 희귀했던 물건에 달려드는 사람들을 비난하는 이유는, 각자 은밀히 간직하길 소망하는 탐욕을 집단적으로 솔직하게 내보이기 때문이다. 나로서는 직접 겪어봤기에, 사물 이외의 것을 원하는 것이 사치임을 안다.

그날 저녁, 열기와 관심이 떠도는 대학 강의실에서 감동받았고, 청중의 막연한 기대를 앞에 둔 상황에서 평소에 느끼는 것보다도 더 무력감을 느꼈다. 프랑스 작가의 라이프치히 방문이 표상하는 두 나라 간의 상호 유대와 호의를 드러내는 일 말고, 지금 이곳에 작가가 무엇을 가져다줄 수 있을까? 나의 유사함만을 제공할 수 있었다는 느낌이다. 무슨 말인가 하면, 두 세계 사이에서 찢김과 이행이라는 점에서의 유사함이다. 지배받는 환경에서 태어난 아이에서 지배하는 환경으로 이행한 나의 이야기, 나는 그것이 '서방'으로의 이행을 갈망했으나 현재 당혹감과 이행의 지표가 부재한 상황에 놓이게 된 민족의 이야기와 가깝다고 느꼈다.

11월 13일 화요일

라이프치히에서의 마지막 몇 시간, 화창한 날씨. 미술관에서—물가에 비해 입장료는 아직도 터무니없이 싸다—뵈클린의 음울하고 지독한 그림 〈망자들의 섬〉, 프리드리히의 빛이 있는 〈삶의 단계〉—어찌나 상호보완적인지 두 작품이 한 공간에 있다는 게 당혹스러울 정도다—, 유년기에서 노년기에 이르는 여성의 몸이 순결함이 점점 더 뭉개지고 변형되면서 시간과 죽음의 이미지로 남는 한스 발둥 그리엔의 그림을 본다.

이 년, 오 년, 혹은 십 년 뒤 사람들이 함부르크나 빈이나 코펜하겐에 가듯 라이프치히에 다시 올지도 모르겠다. 관광객으로

서, 걱정도 질문도 없이. 대부분 구해낼 수 없을 듯 보이는, 19세기의 폐허가 된 집터와 선명한 새 건물들이 쭉쭉 올라간 대로를 거닐게 되리라. 되돌아와서 프리드리히와 발등을 또 보게 되리라. 하지만 두 균형 사이에 놓인 이름 붙이지 못하는 시기에, 바로 지금 왔어야만 했다. 왔다가 아무런 확신도 없이 떠나야만 했다.

금세기 저편에서

1998년에 완성해 1999년 6월에 출간된
〈누벨 르뷔 프랑세즈〉 550호에 발표

그 사람은 모파상의 작품 『어느 인생』*의 주인공과 이름이 같다. 그 이름은 20세기가 저물도록 거의 누구의 흥미도 끌지 못하다가 최근 십 년 들어서야 모두에게 알려지게 되었다. 잔 칼망. 살아 있는 인간 중 가장 나이가 많아서였다. 유명하다는 증거로는, 잔 칼망을 소재로 하여 돌아다니는 우스갯소리. "가장 나이 든 고양잇과 동물은 무엇일까요?─잔 칼망의 암고양이**." 그 인물은 생일이 돌아올 때마다 대단한 업적인 양 축하를 받았다.

---

* 한국에서는 『여자의 일생』이라는 제목으로 번역되었다.
** 프랑스어 'chatte'는 암고양이를 가리키는 동시에 속어로 여성의 성기를 가리키기도 한다. 이중의미를 이용한 음담패설.

모든 텔레비전 방송국과 라디오 방송국이 잔 칼망의 주치의를 초대하여 그가 관리하는 챔피언의 건강상태와 취약점을, 그리고 2000년에도 우승할 확률에 대해 질문을 해댔다. 그 노인이 요양원에서 떨리는 목소리로 몇 마디 우물거리는 모습이 화면에 잠깐씩 나온다. 수많은 사람들이, 고위직에 오르거나 명망 높은 학위를 땄을 때 해줄 법한 말인 "거기까지 도달"한 것을 축하한다는 글을 써 보낸다―그렇게 자기도 모르는 새, 그 노인에게 먼 앞날의 집요한 프로젝트인 인류의 최연장자 되기라는 과제를 부여하는데, 정작 본인은 가장 무심한 마음가짐으로 유전자가 부여한 운명을 완수해야만 했다.

행위와 욕망과 고통의 총합으로서의 그녀의 삶은 전과 마찬가지로 전혀 관심을 끌지 못했다. 그 삶은 다이애나비의 삶처럼 꿈을 촉발하지도 않았고, 마더 테레사의 삶처럼 가르침을 주지도 않았다. 들기론, 한가하고 육아에 시달릴 일이 별로 없는 부유한 중산층 여성의 삶이었던 듯하다. 승마를 하고, 시가를 피우고, 포트와인을 마신다는 두세 가지 사소한 사항 정도가 아주 살짝 몽상을 부추기는 지점이었다. 숲에서 애인과 만나기로 하여, 나무에 말을 묶고 말채찍은 풀숲에 던져버리는 에마 보바리 역할에 잔 칼망을 상상해볼 수는 있었다. 혹은 폴 마르그리트와 빅토르 마르그리트의 여주인공, 아바나산 시가를 문 입술을 유혹적으로 둥그렇게 모아 담배 연기를 내뿜고 그 연기에 가려진 눈길은 대담한, 그런 "사내 같은 아가씨" 역할로도. 하지만 이 모든 상상이 터무니없고 아마도 절대 일어난 적이 없었을 거다.

그 여자는 예술작품도 사상도, 추문과 관련되었을지언정 독특한 경험의 증언도, 전수할 게 아무것도 없었다. 심지어 일기를 쓴 적도 없었다. 그녀의 철학적 메시지는 모리스 슈발리에의 레코드판 재킷에 적힌 말로 요약될 수 있지 않을까. "인생살이, 걱정할 필요 없다." 그녀의 유일한 업적은 모든 예상을 뛰어넘고 계속 살았다는 것. 잔 칼망은 그저 시간, 시간의 화신 그 자체였다.

우리가 살아보지 못했던 시간. 그녀의 삶은 우리의 기억도, 우리 부모의, 심지어 우리 조부모의 기억조차도 가늠할 수 없는 그런 곳까지 뻗어 있다. 그 두 눈은 우리로서는 이제 재현할 수 없는 세계를 보았다. 빅토르 위고의 장례식 때는 열 살이었고, 드레퓌스사건 당시는 스무 살이었으며, 1914년에 참전 병사들이 총구에 꽃을 꽂고 떠날 때는 성숙한 여인이었으니까. 또한 모파상, 베를렌, 졸라, 그리고 프루스트, 콜레트, 라벨, 모딜리아니

등, 자신보다 더 어리지만 이미 오래전에 세상을 뜬 이들과, 흔히 말하듯이, "아는 사이였을 수도 있다". 그 여자에게 아무런 이야깃거리가 없는 만큼 더욱 쉽게, 마치 책갈피를 옮겨놓듯, 그 평범한 여자의 실루엣을 그녀가 가로지른 20세기의 페이지마다에 옮겨놓아도 되었다. 상처 하나 없이 말짱하고 기억하는 게 거의 없는 여자다. 20세기 전부를 기억한다고 공인해주려 드는 여자는 망각에 지나지 않기 때문이었다. 주목할 만한 역사적 사건으로 고작, 1917년 러시아 황실을 상대로 저지른 암살만을 담아뒀으니까. 그 여자는 참화나 대격변 등은 제거된, 생물학적인 순수한 시간에 지나지 않았다.

    몇 세기 전부터 서구는 바위, 나무 등 자연과 비교해 인간의 수명을 측정하고 폐허와 그곳을 떠도는 퍼석한 그림자에 대해 사유하는 데 익숙해졌다. 매해 여름, 관광객 수백만 명이 루아르 강변의 고성들, 가르 다리에서 과거의 흔적을 찾아내려고 온다. 하지만 그 무엇도 듣도 보도 못한 엄청난 세월을 지고 있는 육신, 살아 있는 인간을 보며 느끼는 감흥에는 비할 바 아니다. 잔 칼망은 이제 눈이 잘 안 보이고 귀도 잘 안 들리고 고양이처럼 하루종일 졸고 있지만, 사람들은 그 노인이 어떤 대가를 치를지

언정 버티길 원했다. 우리는 양피지처럼 말라비틀어지고 쪼그라들었으나 1880년대에 아를의 거리를 뛰어다니던 소녀의 육신과 동일한 그 육신을, 영원히 사라진 세계를 보았던 그 두 눈을, 보존하고 싶어했다. 우리는 그녀가, 망자를 인도하는 그 시간의 여신이, 우리가 금세기 저편으로 건너갈 때 함께하길 갈망했다.

잔 칼망은 19세기에서 21세기로 훌쩍 건너뛰지 못하리라. 그 노인은 1997년 8월에 122세를 일기로 사망했다.

이상하게도, 내게는 20세기가 그 노인과 함께 끝나는 듯 보였다. 20세기가 우리 뒤에서 스스로를 마감하며 완결된 총체성으로 압축되는 것 같았다. 19세기가 역사책과 문학교과서에 그렇게 존재하듯이, 20세기도 단박에 그렇게, 제2제정이 제1제정과 맞닿아 있고 샤토브리앙과 졸라가 동시대인이고 스탈 부인과 조르주 상드가 친구인 것처럼 보이는, 압축된 기간이 되었다. 세계대전, 식민지 전쟁, 이데올로기 전쟁이 정식으로 정리되고, 프루스트에서 나탈리 사로트, 그리고 지드에서 모디아노에 이르는 작가들이 분류되었다. 몇 해에 걸쳐서 우리 자신이 역사와 연표의 대상이 되고 다른 세기의 사람들이 되는 모습을 보았다. 〈42년의 여름〉과 뒤라스의 『80년 여름』은 이제 이전 시기에, 선사先史에 속하게 될 것이다. 구색을 갖추듯 프랑화까지 사라지면, 우리는 빠르게 시대에 뒤처지게 될 것이다. 여전히 에퀴로 돈을 세는 19세기 귀족들처럼, "만 프랑을 벌었다"고 말하기만 해도 우리가 지난 시대에 사는 사람으로 보이기에 충분하리라. 책에는 프랑화를 설명하는 각주가 달릴 테고, 우리는 다른 은하계에서 청춘을 보냈다고 느끼게 될 것이다.

우리 모두를 결집했던 무언가가, 우리를 금세기의 사람들로 만들며 말이나 이미지로는 다음 세대로 전달되지 못할 그 무언가가 완결되는 게 느껴졌다. 사르트르의 표현—"나는 말로와 함께, 어떤 면에서는, 시대를 만든다"—을 빌리자면, 대략 1970년 이전에 태어난 사람들인 우리 모두가 다 같이 한 세기를 만든다. 나치즘과 스탈린주의, 아우슈비츠와 히로시마, 알제리 전쟁을 당연히 기억해서만이 아니라, 그런 비극이 우리와 관련있으며 그에 대한 책임이 우리에게 있다는 확신을 공유하기에. 지오노 소설에 나오는 아이였다가 공상과학영화에 나오는 어른이 되어버린 그런 느낌—사회의 변화가 어찌나 빨랐는지—을 공유해서이기도. 하지만 우리를 가장 강하게 결집하는 것, 그건 어쩌면 당시 우리의 삶의 방식이었기에 규정해보려는 생각조차 해본 적이 없었을 감각들이리라. 물자가 여전히 귀했던 50년대에 어디에나 스며 있던 느긋함과 조용함. 강의실과 담벼락 등 사방에서 터져

나오던 70년대의 말들과 생활방식으로서의 토론. 아르데슈 지역에서, 아이들은 마음껏 뛰어놀고, 저녁이면 모닥불 주위에 둘러앉아 누군가 기타를 치면 "새 세상"이 도래하던 그 느낌. 그리고 80년대의 냉혹함. 기이하게도 그저 있는 대로 받아들이며, 매일 전철에서 배제를 외치는 끔찍한 목소리를 듣고만 있던 움츠러든 침묵과 그 속에 담겨 있던 냉혹함.

곧, 모두의 머릿속에 있던 이미지와 말들이 더는 아무에게도 의미를 갖지 못하게 되리라. 고등학교에서 예전에 입던 작업복도, 기쁨joie의 J를 로고로 하는 부르주아의 향수들도, 영화 〈조니, 넌 대체 어디서 온 거지?〉*의 조니 할리데이도, 보카사와 다이아몬드 게이트**도, 미테랑과 멧새 요리***도, 라르작에서 올라온 양떼****도, 가브리엘 뤼시에*****도, "나는 여러분을 이해했습

---

* 노엘 하워드가 1963년에 제작한 영화.

** 지스카르 데스탱 대통령이 중앙아프리카공화국의 독재자 장 베델 보카사로부터 다이아몬드를 수수한 사건.

*** 1979부터 종의 보호를 위해 멧새 사냥을 법으로 금지했지만 미식가들은 여전히 포기하지 못하는 프랑스의 전통요리로, 미테랑 대통령 역시 멧새 요리 예찬자로 알려져 있다.

**** 1972년 군사기지 확장에 반대하는 라르작의 농부들이 파리로 양떼를 몰고 와서 에펠탑 아래에 풀어놓은 사건.

***** 1968년, 고등학생 제자와의 사랑으로 나라를 떠들썩하게 했던 여교사.

니다"*도, "닥쳐요, 엘카바크"**도, "옷을 갈아입듯 켈톤 시계도 바꿔라"라는 광고 문구도, 모니카 르윈스키의 원피스도, 76년 여름의 열기로 달아오른 하늘도, 다른 세기로 넘어가면서 기억되지 못하리라. 루타바가***도, SFIO****도, 보뉙스의 경품*****도, 불법 낙태시술사도, 만화잡지 〈피프 가제트〉도, 미혼모도, PPDA******도 무엇이었는지 알지 못하리라.

그 누구도 잔 칼망을 기억하지 못하리라.

나 자신조차 왜 이런 글을 썼는지를, 우리 삶의 일부를 삼키는 한 세기와 내가 확실히 죽음을 맞이하게 될 또다른 거대한 세기, 이 두 세기 사이에서 느꼈던 박탈감과 공허감을 잊어버리고 말겠지.

---

* 1958년 드골이 알제리에 가서 행한 연설의 첫 문장.
** 공산당 당수 조르주 마르셰가 언론인 엘카바크에게 했다고 알려진 말.
*** 스웨덴 순무.
**** 국제노동자연맹 프랑스 지부.
***** 1958년에 설립된 프랑스의 유명 세제 생산업체인 보뉙스는 아이들을 겨냥한 경품을 제공하는 마케팅 전략으로 급성장했다.
****** 파트리크 푸아브르 다르보르(1947~). 프랑스의 유명 앵커이자 작가로 종종 머릿글자 PPDA로 불린다.

슬픔

〈르몽드〉, 2002년 2월 5일자

언론 매체에서 1월 24일 정오경에 피에르 부르디외의 죽음을 알리고 논평한 방식은 정보 전달 수준이었다. 뉴스가 끝나기 몇 분 전, "참여적 지식인"—마치 이 두 단어의 결합이 이제는 생각조차 할 수 없으며 몰상식하다는 듯—이었던 점을 부각하며. 무엇보다도, 기자들의 어조는 시사하는 바가 많았다. 거리를 둔 존경, 차갑고 의례적인 찬사의 어조. 기자들이 언론 매체의 게임 규칙을 고발했던 사람에 대해 유감을 품었을 수야 있지만, 그런 문제를 넘어서 당연히 피에르 부르디외는 그들 편이 아니었다. 수천 명의 사람들, 연구자와 학생, 교사, 피에르 부르디외의 저작을 발견함으로써 세계를 인식하고 살아가는 데 전환점을 맞았던 각계각층의 사람들을 엄습한 슬픔과 그 순간 미디어에서 흘러나오는 말 사이의 간극은 거대해 보였다.

70년대에 『상속자』『재생산』, 그뒤에 『구별짓기』를 읽는다는 건, ―늘 그렇지만― 격렬한 존재론적 충격을 느끼는 일이었다. 지금 의도적으로 존재론이라는 용어를 사용한다. 자신이 이렇다고 생각해오던 존재가 더이상 그와 같은 존재가 아니며, 자신과 사회 안의 타자들에 대해 갖고 있던 견해는 찢겨나가고, 우리의 위치 및 우리의 취향 등, 외관상 가장 평범해 보이는 삶의 일들이 작동할 때 그 무엇도 더는 자연스럽지 않고 당연하지 않다. 자신의 출신이 조금이라도 피지배 계층과 관련있는 경우, 부르디외의 철저한 분석에 대한 지적 동의에 덧붙여 체험된 자명성을, 이를테면 경험이 보장하는 이론의 진실성을 느끼게 된다. 예를 들어, 자신과 지친至親이 몸소 상징적 폭력을 당한 경우 그것이 실재함을 부인할 수 없으니까.

십오 년 전, 부르디외를 처음 읽었을 때와 시몬 드 보부아르의 『제2의 성』을 처음 읽었을 때, 두 저서가 미친 효력을 비교해봤었다. 이쪽에서는 여성의 조건에 대한 각성이라면, 저쪽에서는 사회의 구조에 대한 결정적이며 돌발적인 각성. 그러한 각성은 고통스러우나 곧바로, 특별한 기쁨과 힘, 해방감, 고독감의

파열이 뒤따른다. 내게는 해방이자 세상에서 '행동해야 할 이유'의 동의어인 부르디외의 저작이, 사회적 결정론에 대한 종속으로 인식될 수도 있었다는 점이 불가사의이자 슬픔으로 남는다. 오히려 내게 부르디외의 비판사회학은, 사회적 재생산의 은폐된 메커니즘을 드러내며 개인이 자신도 모르는 새 내재화한 믿음과 지배과정을 객관화함으로써, 존재의 운명론을 걷어내는 것으로 보였다. 부르디외는 문학과 예술작품의 생산 조건 및 작품이 출현하는 투쟁의 장을 분석하면서 예술을 파괴하고 축소한 것이 아니라, 그저 예술로부터 성스러움을 제거하고 예술을 종교보다 훨씬 더 나은 것으로, 복합적인 인간 활동으로 만든다. 나아가 부르디외의 글들은 내가 글쓰기를 시도할 때, 무엇보다도 그가 명명한 대로 사회적으로 억압된 것을 지속적으로 말할 수 있게 용기를 북돋아주는 격려였다.

피에르 부르디외의 사회학에 대한 거부반응이 가끔 지나칠 정도로 격렬하게 표출되는데, 이는 그의 방법론 및 그것과 결부된 그의 언어에서 비롯된다고 보인다. 철학으로부터 넘어온 부르디외는 철학의 토대가 되는 개념들, 아름다움, 선, 자유, 사회 등의 개념을 추상적으로 다루는 방식과 결별하고, 대신 구체적이고 과학적으로 연구된 내용을 그 개념들에 부여했다. 농부일 경우 혹은 교사일 경우 현실에서 아름다움이 무엇을 의미하는지를, 삼천 채의 거주지*에서 사는 경우 자유가 무엇을 의미하는지를 밝혀냈고, 왜 개인이 어떤 식으로든 은밀하게 자신을 배제하는 것으로부터 스스로를 배제하게 되는지 설명했다. 철학에서처럼, 제일 적합한 보기인 문학에서도, 관건은 여전히 늘 인간 조건이며 인간 일반이 아니라 사회 안에 자리잡은 상태의 개인들이다. 구체적 정황에서 벗어나 있는 추상적이거나 예언적인 담론은 그 누구의 심기도 건드리지 않지만, 지적 혹은 경제적 지배 계층 출신의 자녀들이 그랑제콜에서 차지하는 압도적으로 높은 비율을 보여주면, 대학교(호모 아카데미쿠스)나 미디어를 대상으로 지금 이곳에서 작동하는 권력의 전략들을 엄밀하게 밝혀내면, 상황은 달라진다. 이는 언어의 문제인데, 예를 들어 "환경, 사람들, 하층민"과 "상층부" 대신에 "지배당하는 자"와 "지배하는 자"라는 용어로 대체하면, 모든 것이 변화한다. 위계를 완곡하고 거의 자연스럽게 표현하는 대신에, 사회관계의 객관적 현실을 드러내기 때문이다. 부르디외는 파스칼처럼 겉허울을 파괴하는 일에, 작용과 환상과 사회적 상상계를 드러내는 일에 열성적이어서,

---

* 파리의 북동쪽 근교에 위치한 도시 올네수부아의 라 로즈데방 지역을 지칭한다. 이 지역에 지은 영세민용 임대 아파트 삼천여 채로 인해 이런 이름이 붙었다.

100

그의 연구는 전복의 요인들을 품게 되고, 나아가, 직접 기획하고 연구팀과 공동으로 펴낸 가장 유명한 저서에서 세계의 비참을 입증함으로써 세계 변혁으로 나아가는 만큼, 그의 작업은 저항을 맞닥뜨릴 수밖에 없었다.

사르트르의 경우, 그의 죽음으로 뭔가가 마무리되고 통합되고 그의 사유가 더는 힘차게 움직이지 못하고 역사 속으로 저물어가리라는 느낌이 들었던 반면, 피에르 부르디외에 대해서는 그런 감정이 전혀 들지 않는다. 그를 잃고 슬픔에 겨운 사람들이 우리 가운데 이렇게나 많듯이—내가 우리라고 말하는 경우가 몹시 드물지만 이번만은 그의 죽음이 알려지자마자 퍼져나갔던 우애의 감정을 고려하여 '우리'라고 감히 말하련다—그의 참신한 사유와 개념들과 저서가 미치는 영향이 계속해서 확장할 거라고 생각하는 사람들 또한 우리 가운데 그만큼 많다. 가난한 자들이 자부심을 느끼게 만드는 글을 쓴다고 당대에 책망받았던, 누구로부터였는지 더는 기억나지 않지만, 장자크 루소의 경우가 그랬듯이 말이다.

C 소재 우체국의 남자

2002년 9월에 완성하여 2003년 컬리아르출판사에서 펴낸
『엉뚱한 이야기들』에 발표

지난주 미니텔에서 C. G.의 주소를 찾아내고는 그가 아직도, 그것도 퐁타를리에에 살고 있다는 사실에 있을 수 없는 일인 양 질겁하여 주소를 들여다봤고, C. G.에 대해 글을 쓰리라 우선은 생각했다.

　글을 시작했으나 다른 남자의 모습이 끼어들면서 글이 중단되었다. 내가 써야 했던 건 바로 그 다른 남자에 대한 이야기였나 보다.

　흰색과 녹색으로 꾸민 새 우체국은 전면에 꽃을 심어놓은 작은 광장과 일곱 대까지 댈 수 있는 주차장을 갖추고 있었는데,

그 남자가 나타난 건 우체국이 문을 연 지 몇 달 뒤였다. 정상 사회에 속하지 않는 듯 보이는 사람들에게만 적용하는 기준에 따라 순식간에 그를 평가하여, 말끔히 면도한 얼굴이고 알코올의 흔적이 없는 상냥한 표정이며 옷도 깨끗하다는 걸 파악했다. 서른다섯을 갓 넘겼을까.

그는 유리문 가까이에 서 있었다. 젊었건 늙었건, 남자건 여자건, 유모차를 밀고 있건 아니건, 개의 목줄을 잡고 있건—규정상 금지된 일이지만—아니건, 누군가 나타났다 싶으면 재빨리 문을 활짝 열어주고, 그랬던 것에 비해 차분하게 등뒤에서 문을 닫아줬다. 우체국은 작고 본점에 딸린 지점이라 정오부터 세시까지는 창구 두 개만, 그것도 보통은 한 개만 열어놓고 나머지는 닫아놓지만, 오후가 끝나갈 무렵이나 토요일 아침에는 특히 오가는 사람이 늘 있다. 사람들이 볼일을 마치고 나올 때 대체로 우체국 직원이나 우표자판기가 방금 돌려준 거스름돈을 지니고 있기 마련이어서, 이곳이 성당이나 대형 마트보다도 벌이가 더 쏠쏠하니 괜찮은 장소다.

내가 몇시에 오든 그는 우체국 직원들만큼, 아니, 보통은 이삼분 늦게 창구 셔터를 올리는 그들보다 더 근면하게 거기 나와 있었다. 문을 열어주면서 최고급 호텔의 급사나 엘리베이터 보이도 절대 보여준 적 없는—급사나 보이는 거기 깔아놓은 레드 카펫이나 화병에 꽂아놓은 난초꽃과 같아서, 그들의 존재 이유는 오로지 고객이 본인의 사회적 중요성을 의식하게 만드는 것이고, 그런 이유로 그들로서는 굳이 보여줄 필요가 없는—열의와 에너지를 발휘했다. 초기에 그는 그렇게 움직인 대가로 꽤 많은 동전을 받는 듯했다. 거의 난폭하다 싶을 정도로 재빠르게 몸을 움직이던 것과는 대조적으로, 감사는 과하지 않고 담담하게 표했다.

어느 날, 그가 평소 모습과 다르다고 생각해서였을 텐데, 가다가 멈춰서 말을 걸었다. 다른 수입은 없는지, 고용안정센터에 등록은 했는지, 혹은 바로 20미터만 더 가면 나오는 구청에는 가봤는지를 묻지 않을 수 없었다. 그가 눈길을 떨구더니 더듬거리며 제대로 답을 못했다. 차에 다시 오를 때, 아무 말도 하지 않거나 "오늘은 해가 쨍쨍 나네요" 같은 종류의 말을 했더라면 더 좋았을 거라는 생각이 들었다.

그뒤로 다시는 말을 걸지 않았고 그저 인사를 건네는 정도로

만족했다. 그는 주제넘었던 내 질문을 고까워하는 것 같지 않았고, 그날 이후로 내게 더 많은 호감을 품게 된 모양이라, 나는 호감을 잃지 않으려고 종종 동전 한 닢을 주었다. 자동차에서 내릴 때마다, 즉각 그의 눈길과 기대감이 느껴졌다. 하지만 우체국에 들어가지 않고 문 왼편 바깥에 설치해놓은 우체통에 그저 편지를 밀어넣거나, 오른쪽의 현금자동인출기에서 현금만 찾고 마는 일이 종종 생긴다. 그런 경우에는 그의 영토를 가로지르지 않았기에 아무것도 주지 않겠다고 결심했다. 그가 나의 걸음과 동작을 좇고 있음이 느껴졌고 그의 기대감이 나를 에워쌌는데, 그것은 아마도, 도서전시회에서 마련한 저자 사인회 때 내가 앉아 있는 테이블 앞으로 어떤 이가 지나가면 그가 멈춰 설지 아닐지 알 수 없는 상황에서 나를 엄습하던 기대감과 같은 종류이리라. 나는 되도록이면 그를 바라보지 않고 자리를 떴다. 어찌 보면, 기대감을 더 많이 느낄수록 그 기대감을 저버려야겠다는 생각이 더 확고해졌다. 가장 거북한 것은 현금자동인출기에서 지폐를 뽑고—그 사람은 돈을 인출하는 과정에서 단계별로 나는 서로 다른 소리를 훤히 꿰고 있을 게 뻔했다—그 사람으로부터 2미터 떨어진 곳에서 가방에 돈을 황급히 집어넣는 일이었다. 그러면서 그에게 지폐 한 장을 줘야겠다는 생각을 늘 밀어냈다. 마치,

선 서비스 후 사례라는 지켜야 할 암묵적 원칙이라도 있다는 듯이. 그 원칙을 어기면, 내가 아주 부유해서 돈을 찾을 때마다 꼬박꼬박 늘 그만큼 자선을 베푸리라고, 요컨대 자신을 부양하려 한다고 그가 생각하게 될 것처럼.

우체국 이용객들이 그가 기약 없이 그곳에 자리잡고 있음을 깨닫게 되면서 돈을 주는 데 싫증을 내리라는 건 예상 가능한 일이었다. 모든 것이 변화하고, 대형 마트의 진열대도 맨 위에서 맨 아래까지 매주 싸그리 갈아엎으며, 텔레비전 퀴즈 프로그램에서도 새로운 우승 후보자가 이전의 우승 후보자를 몰아내는 세상에서, 늘 동일한 인물이 우체국에서 보초를 서는 모습을 보기란 지겨운 일이다. 사람들은 그의 열의에 전혀 고마워하지 않고, 자신에게 필요하지 않은 그 동작에, 공손함의 표시가 아니라 대가로 동전 한 닢을 내밀어야 하는 의무로밖에 여겨지지 않는 그 동작에 짜증을 내고 말았다. 아이들 때문에 정신이 없거나 상자를 잔뜩 들고 있는 어머니들조차도 그가 없어도 혼자 잘해나갈 수 있으리라는 생각인 모양이었다. 체신부가 그에게 보수를 주는 게 보다 말이 된다고 생각했을지도 모르겠다. 많은 사람들이 마치 거기 아무도 없고 그 문이 오상 대형마트의 자동문이기라도 한 듯 말 한마디 없이, 쳐다보지도 않고, 자기들 앞에서 열리는 문을 지나갔다. 가끔은 주차장에 차를 대면서 그가 없기를 바라는 마음이 들었다.

여러 달이 흘러가면서 그는 이전의 열의를 상실하고 설렁설렁 문을 잡아당겼고, 사람들이 지나갈 때 다른 곳을 바라보면서 삶의 우여곡절이 부과한 이 일에 열중하고 싶지 않다는 인상을 줬다. 학창시절, 내가 다니던 종교학교에서는 학생이 교사에게 교실 문을 열어주게 강요했는데, 한번은 그 동작이 혐오스러워서 문을 열어주며 마찬가지로 나 역시 고개를 돌렸던 일이 기억났다.

어느 날, 그의 모습 전반에 일어난 변화에 깜짝 놀랐다. 어딘가 거칠고 후줄근해졌다. 얼굴의 부기. 알코올 때문이로구나, 즉각 알아차렸다. 눈에 띌 정도의 징조들이 그 과정이 오래전부터, 어쩌면 우체국에 처음 나타났을 때부터 진행되어왔음을 보여줬다.

그가 언제 무보수 문지기 노릇을, 교환 행위인 척 가장하기를 그만뒀는지 이젠 모르겠다. 어쩌면 작년 여름, 우체국 직원들이 더운데 에어컨도 없으니 하루종일 문 두 짝을 활짝 열어놓기 시작한 때일지도. 그는 손에 컵을 하나 들고 얼굴을 뒤덮은 수염이 가슴팍을 향해 뻗어나간 모습으로, 인출기 쪽 벽에 그저 멀거니 기대어 있었다. 옷에서는 냄새가 났다. 젊고 활기찼던 초기의 남자는 이젠 한낱 기억에 지나지 않았다.

가끔 자리를 바꾸어 광장 쪽으로 조금 더 가서 담배를 피우기도 했는데, 컵은 원래 자리에 버려둔 채로였다. 어떤 남자가 멈춰 서서 그에게 말을 걸곤 했는데, 아는 사이인 듯했다. 여자가 그러는 적은 없었다. 아마도, 실추한 남자를 본능적으로 멀리해서일 테고, '꽝'의 밑바닥이 부랑자의 모습이니 '꽝'을 뽑을지도 모른다는 해묵은 두려움이 솟아나서이리라. 나로서는 그가 남자의 몸을 갖고 있고 성별이 남성임을 잊고서 그를 바라보거나 근처를 지나갈 수는 없었다. 어떤 여자라도, 아마, 에마뉘엘 수녀조차도 그렇게는 못할 것이다.

이번 봄부터는 우체국 벽에 등을 대고 앉아 있는데, 보통 두 다리를 겹쳐 길게 뻗고 있다. 그러고 있는 모습을 처음 봤을 때 일어나라고 사납게 호령할 뻔했다. 아마도 어린 시절의 어떤 기억이 되살아나서였으리라. 그러고는 그로서는 공연히 몸을 피로

하게 할 이유가 전혀 없음을 수긍했다.

지난 6월의 어느 오후, 우체국 안 대기줄이 길게 이어진 가운데 어디선가 나타난 그가 우체국 유리문 한쪽에 몸을 바싹 갖다붙였다. 그러더니 꼼짝 않고 뚫어져라 우체국 안을 들여다봤다. 그는 거대해 보였고 엄청난 체구로 유리문을 가득 메웠다. 〈옛날 옛적 서부에서〉에 나왔던 찰스 브론슨이 생각났다. 이용객 전부가 그를 바라봤다. 경악과 일종의 불안감이 손에 잡힐 듯했다. 우체국 직원이 고개를 들었다가 그의 존재를 알아차렸다. 직원은 바깥의 그 남자를 특정하며 기다리고 있는 사람들을 향해 크게 말했다. "저 사람에게 직접 돈을 갖다줘야겠어요. 저이를 안으로 들여선 안 돼요." 마치 위험을 피해갔다는 듯, 삶이 다시 정상적 흐름을 되찾은 것에 대한 안도감이 흘렀다. 나중에서야, 남자를 출입금지한 처사에 항의할 생각을 단 한순간도 해보지 않았음을 알아차렸다. 아마도 모두가 당연한 일로 여기는 게 느껴져서였으리라. 그가 실업수당을 찾으러 왔을 거라는 추측이 들었다.

그달에, 평소처럼 여러 번 우체국에 갔다. 이제 남자는 거기 없었다. 나는 그가 남쪽으로 떠났으리라고 생각했다. 거의 모두가 휴가중이어서였다. 어제, 차를 타고 나쇼날가를 거슬러오르는데, 그 남자가 다리를 배 쪽으로 끌어모으고 빵집 앞 보도에 앉아 있는 모습이 눈에 띄었다. 가장 먼저 든 생각은, 보도가 좁은데다 자동차들이 주차했다가는 금방 다시 매연을 내뿜으며 분주히 떠나가니, 그 장소가 그에게는 우체국보다 덜 편하리라는 거였다. 그러다가, 현재 인적 없는 우체국을 버리고 8월에 문을 연 유일한 빵집을 택하다니 시장의 현실에 적응했다는 신호가 아닐까라는 생각으로 옮겨갔다. 오래전부터 빵은 반사적으로 나눔을 촉발하기 마련이니, 심지어 위치 선정조차 훌륭하다. 그는 최선을 다해 자신의 빈곤을 관리한다.

  작가가 글을 쓰고 있는 순간에도 존재하는 사람들, 계속해서 살아가는 사람들에 대해 글을 쓸 때, 이야기의 종결은 없다. 더 정확히는, 대상과의 사이에 다른 아무것도 없이, 글쓰기로만 관계가 지속된다면 종결은 있을 수 없다.
  아마도 이미 오래전부터 C. G.의 기억 속에는 내가 남아 있지 않을 텐데, 그와 함께 보낸 8월의 밤에 관한 이야기를 왜 하지 않은 건지 스스로에게 묻는다. 왜 우체국 그 남자가 자리를 잡았고, 왜 그에 관해 글을 쓰는 일이 더 필요하다고 여겼는지를. 어쩌면 바로 글쓰기에 대한 의문, 글쓰기가 현실세계와 맺는 관계에 대한 의문 때문일지도 모르겠다. 멀찌감치 떨어져서, 동전을 내주듯 글을 내주는 게 수치스러워서일지도. 또한 사랑 때문일지도.

축하연

2006년 5월에 완성하여
2006년 10월 14일자 〈르몽드〉지에 발표

결혼 전 축하연은 정오에, 밸럼의 펍에서 열렸다.

택시를 탔고, 택시는 회색 담벽을 따라 달리다가 어느 다리 출구 앞에 우리를 내려줬다. 기온이 벌써 높았다. 펍은 다리 건너편에 있었는데, 창문이 전부 활짝 열려 있고 안에 있는 사람들은 서 있거나 테이블에 앉아 있었다. 우리는 머뭇대며 들어갔고, 키가 작고 육감적이며 레드 블론드 머리카락을 길게 늘어뜨리고 스웨터와 배기팬츠를 입은 어떤 여자가 우리 쪽으로 다가오자, 마크가 내 손을 잡고 그리로 데려갔다. 두 사람이 포옹했다. 그 여자가 앨리슨이었다. 마크는 우리 두 사람을 서로에게 소개했다. 그러고는 보름 뒤 자메이카에서 앨리슨과 결혼할 예정이며 회색과 검은색이 뒤섞인 머리를 포니테일로 묶은 스티븐, 차가운 표정의 부부―스티븐의 형과 그의 아내―, 스티븐 직전에 앨리슨의 애인이었던 액바르, 직장 친구들과 동료들로 소개가 이어졌다. 이름들을 기억해두기가 어려웠다. 마크가 우리가 함께 결혼선물로 구입한 만년필을 앨리슨에게 건넸다. 어느덧 모두 테이블 주위에 자리잡았다. 무슨 말이 오가는지 따라잡기가 쉽지 않았다. 앨리슨만이 마른라발레의 디즈니에서 일했던 적이 있어서 프랑스어를 할 줄 알았다. 마크는 거기에서 앨리슨을 알게 되었다.

우리는 콜라와 맥주를 마시면서 시간을 보냈다. 누군가 내가 마시던 페리에 병을 쓰러뜨렸고, 병이 앨리슨 옆으로 떨어지면서 그녀에게 물이 튀었다. 사람들이 뭘 기다리고 있는지, 어쩌면 아직도 오지 않은 다른 사람을 기다리고 있는 건지―축하연이 이곳에서 아니면 다른 곳에서 열리는 건지―알지 못했다. 무료해서, 바를 지나 펍 안쪽에 위치한 화장실로 갔다. 화장실 문을 열고 들어가려는 순간, 경기를 중계하는 소리가 귀청이 떨어져라 나를 맞았고, 오줌을 누던 어떤 남자가 나를 보고 고개를 돌렸다. 착오로 남자화장실에 들어왔음을 깨닫고 재빨리 몸을 돌려 여자화장실로 향했다. 여전히 펍에 머물다가 출발 신호가 떨어졌고, 음료 값은 누가 지불했는지 모르지만, 우리는 스티븐과 그의 형 뒤에 일렬로 서서 인도를 따라 걸어갔다. 우리 일행은 음료 판매점에서 잠깐 쉬었다. 남자들은 맥주, 탄산음료, 그리고 포도주로 채운 아이스박스를 들었고, 우리는 열기에 휘감긴 채 정원이 딸린 집들을 따라 다시 길을 걷기 시작했다. 구두를 신고 있어서 발이 붓기 시작했다. 길이 꺾어지는 곳에서 남자 둘과 커다란 검은색 선글라스를 낀 금발의 여자 한 명이 합류했다. 여자는 내가 손을 내밀자 불안한 동작으로 손을 마주 내밀었다.

우리 모두 다시 걷기 시작했고, 나무와 관목에 둘러싸인 풀밭이 햇빛에 반짝이며 넓게 펼쳐진 곳에 도착했다. 도로에 주차한 자동차에서 스티븐의 형과 그의 아내가 캠핑용 테이블과 샌드위치 박스, 공장제 과자와 케이크, 종이접시와 종이컵을 꺼내놓았다. 아이스박스는 열어두었다. 스티븐이 풀밭에 스윙볼 도구를 설치했다. 여기가 축하연이 열릴 장소였다.

앨리슨이 우리에게 저멀리 공원 끝에 햇빛을 받으며 서 있는 쾌적한 원색 집들을 가리켰다. 최근 스티븐과 그녀는 런던의 집 값 때문에, 일층뿐이기는 하지만 그중 푸른색 덧창이 달린 집을 구입했다.

초대객들이 먹을 것과 마실 것을 가지러 왔고, 그러고는 작은 무리를 지어 풀밭 혹은 나무 발치에 자리를 잡고 앉았다. 치마를 입고 온 게 후회됐다. 검은색 선글라스를 낀 여자는 자리를 옮기지 않고 함께 온 사람들 곁에서, 무표정한 새하얀 얼굴을 공원 쪽으로 향한 채 나무에 기대어 있었다. 나는 그녀가 장님이라고 생각했다.

피크닉의 분주함이 가라앉았다. 오후가 가만히 흘러갔다. 목소리들이 공기 중으로 흩어지며 사라졌다. 몇몇 초대객은 돌돌 만 스웨터나 배낭을 베고 풀밭에 길게 누웠다. 가끔씩 스티븐과 액바르, 그리고 또다른 사람들이 일어나서 스윙볼로 맞붙었다. 나도 마크를 상대로 시합을 했고, 졌다. 프리스비 놀이도 했지만 날아가는 원반을 쫓아가 잡기에는 너무 더웠다. 행복하지도 않고 불행하지도 않은 느낌이었다.

액바르가 다가와 옆에 쭈그려앉았더니, 활기차게 철학적인 이야기를 꺼내기 시작했다. 아마도 내가 지적인 대화만 좋아한다고 생각하는 듯했다. 그의 영어를 이해하긴 했지만 영어로 답하기는 피곤했다. 앨리슨이 스티븐과 결혼하고 나면 그가 앨리슨의 정부가 될 거라는 생각이 들었다. 누군가 그를 불렀고, 그가 떠나갔다. 마크가 사라진 걸 깨달았다. 앨리슨은 어디 있나 찾아봤는데, 그녀도 보이지 않았다.

자리를 옮겨서 이십대로 보이는 아가씨들이 모여 있는 곳으로 다가갔는데, 그중 한 명이 옆에 있는 사람들은 개의치 않고 전화기를 붙잡고 웃고 떠들어댔다. 저쪽에 있는 앨리슨의 집과, 그곳과 나 사이를 갈라놓고 있는 반짝이는 너른 풀밭을 바라봤다. 그곳에는 두 사람뿐이었다. 두 사람이 한창 섹스를 즐기는 모습이 떠올랐다. 오늘은 그녀에게 특별한 날, 결혼 전 축하연이 열린 날이고 보름 뒤에는 결혼을 할 테니까. 여기 오지 말 걸 그랬다. 죽어도 그만일 것 같았다.

멀리서, 두 사람이 나란히 풀밭을 가로질러 돌아오는 모습이 보였고, 그들 뒤로 보이는 집은 햇빛으로 환했다. 두 사람은 아마도 햇빛 때문인지 고개를 숙이고 있었다. 이런 생각이 들었다. 남녀에게서 어딘지 모르게 이중생활의 티가 나는 건 소설에서나 볼 수 있구나. 둘이 함께 걸어오는 모습을 모두가 주시하고 있다고 생각했지만 누구도 그들에게 관심을 보이지 않았다. 그들이 언제 이후로 떠나고 없었는지 정확한 시점을 특정할 수 없었다.

둘은 스윙볼 골대 근처에서 헤어졌고, 그가 다시 내 곁으로 왔다. 그가 쾌활한 어조로, 앨리슨이 자기 집을, 감탄을 자아내

는 아주 매력적인 그 집을 보여주겠다고 해서 갔다왔다고 설명
했다. 그에게서는 별다른 기색이 없었다. 그의 말에 따르면, 검
은색 선글라스를 쓴 금발머리 여자는 앞을 못 보는 게 아니라 정
신분열증 환자였다. 앨리슨은 필요하다면 자기 집 화장실을 쓰
라고 여자들에게 제안했다. 집을 보고 싶은 마음이 있었지만 제
의를 거절했다. 앨리슨이 여자 셋을 데리고 갔고, 그들이 풀밭을
걸어 멀어져가는 모습을 지켜보다가 따라가지 않기로 한 게 잘
못이라는 생각을 했다.

　시원한 음료가 이제 떨어졌다. 오래전부터 스윙볼 시합을 하
는 사람은 아무도 없었다. 어느덧 축하연을 마무리할 때가 됐음
이 분명했다. 초대객들이 떠나가기 시작했다. 스티븐의 형이 테
이블과 스윙볼 도구를 분해하고 차에 아이스박스들을 다시 싣
더니 아내와 함께 출발했다. 마크가 어쩌고 싶어하는지 알 수 없
었다. 앨리슨이 다가와 그에게 뭐라고 말했다. 그가 내게로 몸을
돌렸고, 앨리슨과 스티븐네로 가서 친한 친구들하고 파티를 계
속하면 어떻겠냐고 물었다. 이 과정도 거쳐야 하는 모양이었다.
슬슬 걱정이 되기 시작했다.
　우리는 제각기 흩어져서 풀밭을 가로질렀다. 나는 발이 아픈

바람에 마크와 끝에서 따라갔다. 해가 기울면서 전면에서 부서지던 햇살이 꺾이자, 집들이 차츰차츰 모습을 드러냈다. 앨리슨의 집 앞에는 작은 정원이 있었다. 밖에서부터 대마 냄새가 났다. 복도로 들어서니, 왼쪽은 아무런 장식이 없는 벽이고 오른쪽으로 문을 닫아놓은 방들이 이어졌다. 스티븐, 액바르, 피크닉에서 봤던 몇 명, 정신분열증 환자 등 모두 이미 안쪽 부엌에 모여 있었다. 정신분열증이 있다는 여자는 선글라스를 벗어버려서 엷은 청색을 띤 두 눈이 보였다. 미소를 건넸지만 그녀의 표정에는 아무런 변화가 없었다.

스티븐이 자신을 따라오라고 손짓했고, 거실 겸 음악감상실로 쓰이는 앞방으로 나를 데리고 가 소파를 가리켜 보이고는, 다시 거실에서 나갔다. 다른 사람들도 곧 이리로 와서 함께 음악을 들으려나보다고 생각했다. 웹캠이 눈에 띄었고, 앨리슨과 스티븐이 섹스를 하면서 촬영하나보다는 생각을 했다. 소파에 앉아 있다가 사람들이 왜 나를 혼자 여기 내버려둘까 궁금해졌다.

문이 열렸고, 마크가 신나서 고개를 들이밀었다. "앨리슨이 글쓰기에 대해 얘기를 나누면 좋겠대. 우리랑 같이 서재로 가자." 그를 따라서 테이블, 컴퓨터, 종이가 놓여 있는 아주 작은 방으로 갔다. 앨리슨이 담배를 피우며 앉아 있었다. 좁은 공간에 셋이 끼어 있다보니, 서로 다리가 맞닿을 정도였다. 내 자리에서는 그들의 옆모습이 보였다. 그녀가 인터넷 사이트에 단편 두 편을 올렸고 계속 글을 쓸지 말지 네티즌들의 판단을 기다리고 있다고 했다. 그녀가 고개를 숙이고 배기팬츠로 눈길을 떨군 자세는 종교적 엄숙함을 떠올리게 했다. 마크는 기분이 황홀한 듯했다. 그들은 돌려가면서 대마초를 한 모금씩 빨고 연기를 내뿜었다. 온 힘을 다해 그들을 후려패고 싶어졌다. 심장이 쿵쿵댔고 숨쉬기가 힘들었다.

내가 일어나서 바람을 쐬야겠다고 말했다. 그들이 멀거니 쳐다봤고, 그가 말했다. "괜찮겠어, 정말?" 나는 그들 곁을 떠나 밖으로 나가서, 문앞 계단 맨 꼭대기에 앉았다.

아직도 날이 환했다. 거리 저편에, 우리가 오후에 피크닉을 했던 풀밭을 바라보고 있는 공원용 나무벤치가 하나 있었다. 거기 눕는다면 구원받는 느낌이겠지만 벤치와 나 사이의 공간을 건너갈 수 있는 상태가 아니었다. 저 벤치만큼 내가 갈망했던 물질적 대상은 이전엔 없었던 듯했다. 닫혀 있는 문 뒤 복도를 오가는 소리와 목소리가 들렸다. 이미 갔었던 다른 파티를 반복한다는 느낌, 예전에 이런 적이 있었던 것 같다는 느낌이 들었는데, 뭔가 평생 처음 느껴보는 감각이었다.

가슴이 점점 더 쿵쿵거렸다. 그 누구도 나와보지 않았다. 모두를 두들겨팰 수 있을 것만 같았다. 계속해서 기다리다 다시 집안으로 들어갔다. 액바르가 대마에 취한 표정으로 스쳐지나갔다. 서재에는 마크와 앨리슨이 같은 자리에 앉아 있다가, 놀란 혹은 겁먹은 표정으로 나를 쳐다봤다. 두 사람은 이제 대마초를 피우고 있지 않았다. 몸이 안 좋아서 좀 누워야겠다고 말했다. 그녀가 옆에 있는 자기 침실로 가는 게 어떻겠냐고 제안했다.

침실은 커튼을 쳐놓아서 어둑했다. 구두를 벗고 침대 커버 위에 몸을 뉘었다. 몇 분 뒤 마크가 들어왔고, 내 다리 옆에 앉아 나를 쓰다듬기 시작했다. 대마에 취해서, 평소보다 훨씬 더 다정했다. 그가 물었다. "내가 미워?" 아니라고, 그저 모두를 때려주고 싶을 뿐이라고 답했다. 그가 웃었고, 우리는 옷을 입은 채로 끝까지 가보려고 했다. 간간이 문이 불쑥 열렸다가 조심스럽게 다시 닫혔는데, 욕실로 착각한 모양이었다. 그게 방해가 되지는 않았고, 그저 그의 성기에서 잠시 입을 떼곤 했다. 아이들의 통통거리는 발소리가 천장을 누볐다. 앨리슨의 침대는 푹신했다. 아주 좋은 순간이었고, 이곳에서 한 일 중에 제일 좋았다. 나는 폭력성을 깨끗이 씻어냈다. 우리는 즐겼고 나는 다시 차분해졌다.

다른 사람들 모두 다시 부엌에 모여 있었지만 나른해 보였고, 더 머무르는 데 그다지 흥미가 없어 보였다. 앨리슨이 우리를 위해 택시보다 덜 비싼 미니캡을 불러줬다. 그녀가 우리를 길까지 바래다줬고, 나는 그녀를 포옹했고 마크도 마찬가지로 인사를 나눴다.

미니캡이 우리를 코벤트 가든에 내려줬고 우리는 한잔할 생각이었다. 펍 앞의 인도에 맥주컵을 손에 든 사람들이 놀랄 정도로 많고 음악도 흐르고 있어서, 퍼뜩 오늘이 토요일임을 깨달았다. 아침부터 일요일이라고 생각하고 있었다. 우리는 나무계단을 따라 사람들로 가득한 카페 안마당으로 내려갔고, 테이블이 하나 났고, 마크가 카운터로 백포도주를 가지러 갔다. 옆 테이블에서는 어떤 일본 여자가 만취하여 옆에 앉은 여자 무릎에 엎어져 자고 있었다. 그가 마콩산 포도주 두 잔을 가져왔고 우리는 소음에 잠겨 천천히 마셨다. 앨리슨의 단편을 읽어보게 혹시 사이트 주소를 갖고 있는지 물었다. 그가 에로티카 문학 비슷한 거라고 말했다. 일본 관광객들이 떠나려는 움직임을 보였고, 종업원 둘이

와서 잠든 여자의 팔을 목에 걸고 일으켜 세운 뒤 계단을 낑낑대며 올랐다. 톱밥으로 속을 채운 인형처럼 여자의 두 다리가 흔들거렸고 구두가 계단참마다 부딪혔다.

　그를 향해 몸을 돌렸다. 수치와 절망이 고였다. "앨리슨과 자봤어?" 그가 고개를 내저었다. "돌았군."

1899년   아버지 알퐁스 뒤셴 출생.

1906년   어머니 블랑슈 출생.

1928년   노르망디의 소읍인 이브토의 공장 노동자였던 아버지
         와 어머니가 밧줄 제조 공장에서 만나 결혼함.

1931년   이브토에서 25킬로미터 떨어진, 방직 공장 노동자들의
         거주 지역인 릴본으로 이사해 카페 겸 식료품점 개업.

1932년   첫째 딸 지네트가 태어나 여섯 살 때 디프테리아로 사
         망(언니 지네트의 죽음과 그 빈자리를 채우기 위해 태
         어난 듯한 유감을 『나는 나의 밤을 떠나지 않는다 *Je ne
         suis pas sortie de ma nuit*』에서 서술).

1940년   9월 1일 아니 에르노 출생.

1945년   다시 이브토로 돌아가 3개월 뒤 가게를 개업.

1952년   6월 15일 아버지가 어머니를 죽이려 한 사건이 발생
         (이 사건의 충격과 수치심을 『부끄러움 *La honte*』에서
         밝힘).

1958년   작별인사도 없이 떠난 클로드 G.를 기다림.

1960년   루앙대학교 문학부 입학.

1963년	7월 17일 로마에서 Ph.를 기다림.
	11월 8일 임신 사실을 알게 됨.
1964년	1월 15일 낙태수술을 받음. 이 시기의 경험을 『사건 *L'Événement*』에서 서술.
	2월 필립 에르노와 결혼.
	4월 2일 임신 사실을 알게 됨. 첫째 아들 에릭 출산.
1967년	4월 25일 리옹의 크루아루스 지역에 있는 고등학교에서 중등교사 자격시험을 치르고 합격함.
	6월 25일 아버지가 심근경색으로 사망함.
1968년	둘째 아들 다비드 출산.
1970년	1월 카페 영업권을 포기한 어머니가 안시의 아니 에르노의 집에서 함께 지내게 됨.
1971년	현대문학교수 자격시험 합격.
1974년	'자전적 소설'에 속하는 작품인 『빈 옷장 *Les armoires vides*』 발표.
1976년	10월 『그들의 말 혹은 침묵 *Ce qu'ils disent ou rien*』 집필을 마치고, 이듬해 발표.
1977년	프랑스 국립 원격교육원(CNED) 교수로 2000년까지 재직함.
1981년	'자전적 소설'로 분류되나 작가는 '전통적 의미의 허구를 포기하는 방향으로 나아가며 거친 과도기적 텍스트'라 평가한, 자신의 결혼을 다룬 『얼어붙은 여자 *La*

femme gelée』 발표.

1982년   11월 아버지의 삶을 다룬 '자전적·전기적·사회학적
             글'인 『자리 *La place*』 집필을 시작해 이듬해 6월 탈고.
             필립 에르노와 이혼 후 피렌체로 여행을 떠남.

1983년   9월 어머니를 양로원에서 집으로 모셔옴.
             12월 '내면일기'로 분류되는 『나는 나의 밤을 떠나지
             않는다』 집필 시작. 치매에 걸린 어머니가 사용한 문법
             적으로 어긋난 문장을 그대로 작품의 제목으로 차용함.

1984년   2월 퐁투아즈병원으로 어머니를 모심.
             P(『나는 나의 밤을 떠나지 않는다』에서는 A로 지칭)를
             클로드 G.를 기다릴 때처럼 기다림.
             『자리』를 발표해 르노도상을 수상함.

1986년   4월 7일 어머니가 80세의 나이로 퐁투아즈노인요양원
             에서 사망함.
             4월 20일부터 『한 여자 *Une femme*』를 쓰기 시작해 이
             듬해 2월 26일 마침.
             4월 28일 『나는 나의 밤을 떠나지 않는다』 탈고.

1988년   『한 여자』 발표.
             9월 25일 러시아에서 『단순한 열정 *Passion simple*』에
             등장하는 A(『탐닉』에 등장하는 S와 동일 인물)를 만남.
             9월 27일부터 『단순한 열정』의 내면일기인 『탐닉 *Se
             perdre*』 집필 시작.

1989년	9월 피렌체 여행.
	11월 15일 A가 모스크바로 떠남.
1990년	1월 『부끄러움』 집필 시작.
	4월 9일 『탐닉』 탈고.
1991년	1월 20일 A를 다시 만남.
	『단순한 열정』 출간.
1992년	11월 서른세 살 연하의 필립 빌랭을 만남.
1993년	1985년부터 7년간 쓴 일기를 모은 『바깥일기 *Journal du dehors*』 출간.
1996년	10월 『부끄러움』 탈고.
1997년	『나는 나의 밤을 떠나지 않는다』와 『부끄러움』 출간.
	1월 필립 빌랭과 결별(그해 빌랭은 『단순한 열정』의 서술방식을 차용해 아니 에르노와의 사랑을 다룬 소설 『포옹 *L'Étreinte*』을 발표).
1999년	2월부터 10월까지 『사건』을 집필해 이듬해 출간.
2000년	1993년부터 1999년까지 쓴 일기를 모은 『외적인 삶 *La vie extérieure*』 출간.
2001년	『탐닉』 출간.
	5~6월, 9~10월 『집착 *L'Occupation*』을 집필하고 이듬해 출간.
2002년	작품세계에 지대한 영향을 미친 사회학자 피에르 부르디외가 사망하자 〈르몽드〉에 「슬픔」을 기고함.

	10월 3일 유방암 때문에 처음으로 퀴리 연구소 방문.
2003년	2001년 6월부터 2002년 9월까지 프레데리크 이브 자네 교수와 이메일로 나눈 대담인 『칼 같은 글쓰기 *L'Écriture comme un couteau*』 출간.
	발두아즈주(州)에서 그녀의 이름을 딴 '아니 에르노 문학상'이 제정됨.
	1월 22일 마크 마리를 처음 만남.
2004년	5월 24일 마지막으로 화학치료를 받음.
	10월 22일 『사진 사용법 *L'Usage de la photo*』의 서문 작성. 이후 마크 마리와 함께 글과 사진 작업을 계속해 2005년 발표.
2008년	『세월 *Les années*』로 마르그리트 뒤라스 상, 프랑수아 모리아크 상, 프랑스어상 수상에 이어 2009년 텔레그람 독자상을 수상함.
	『집착』을 스크린으로 옮긴 영화 〈다른 사람〉 상영.
2011년	『다른 딸 *L'Autre fille*』과 『검은 아틀리에 *L'Atelier noir*』 발표.
	열두 편의 자전소설과 사진, 미발표 일기들을 담은 선집 『삶을 쓰다 *Écrire la vie*』가 생존 작가로는 최초로 갈리마르 콰르토총서에 수록됨.
2013년	『이브토로 돌아가기 *Retour à Yvetot*』 발표.
2014년	『빛을 바라봐, 내 사랑 *Regarde les lumières, mon*

amour』 발표.

2016년   『소녀의 기억 *Mémoire de fille*』 발표.

2020년   2011년 출간된 『삶을 쓰다』에 실렸던 글 중 엄선하
여 새롭게 『카사노바 호텔 *Hôtel Casa-nova et autres*
textes brefs』 출간.

2022년   노벨문학상 수상.

지은이 **아니 에르노**
1940년 출생. 1974년 『빈 옷장』으로 등단했고 1984년 『자리』로 르노도상을 수상했다.
『단순한 열정』『탐닉』『집착』『칼 같은 글쓰기』 등을 발표했으며, 마르그리트 뒤라스
상과 프랑수아 모리아크 상 등을 수상했다. 2011년 『삶을 쓰다』가 생존 작가로는 최
초로 갈리마르 총서에 편입되었고, 2020년 『카사노바 호텔』을 출간했다. 2022년 노
벨문학상을 수상했다.

옮긴이 **정혜용**
현재 번역출판기획네트워크 '사이에' 위원으로 활동하고 있다. 저서로 『번역논쟁』, 역
서로 『한 여자』『연푸른 꽃』『살아 있는 자를 수선하기』『나, 티투바, 세일럼의 검은
마녀』『울고 웃는 마음』『집착』『그들의 말 혹은 침묵』 등이 있다.

문학동네 세계문학
카사노바 호텔

1판 1쇄 2022년 3월 18일 | 1판 2쇄 2022년 10월 21일

지은이 아니 에르노 | 옮긴이 정혜용
책임편집 손예린 | 편집 양수현 오동규
디자인 고은이 이원경 | 저작권 박지영 형소진 이영은 김하림
마케팅 정민호 이숙재 박치우 한민아 이민경 안남영 왕지경 김수현 정경주
브랜딩 함유지 함근아 김희숙 고보미 박민재 박진희 정승민
제작 강신은 김동욱 임현식 | 제작처 천광인쇄사(인쇄) 경일제책사(제본)

펴낸곳 (주)문학동네 | 펴낸이 김소영
출판등록 1993년 10월 22일 제2003-000045호
주소 10881 경기도 파주시 회동길 210
전자우편 editor@munhak.com | 대표전화 031) 955-8888 | 팩스 031) 955-8855
문의전화 031) 955-3578(마케팅) 031) 955-2646(편집)
문학동네카페 http://cafe.naver.com/mhdn
인스타그램 @munhakdongne | 트위터 @munhakdongne
북클럽문학동네 http://bookclubmunhak.com

ISBN 978-89-546-8529-0 03860

www.munhak.com